国民阅读文库

彩图版中国历史故事系列
Illustrated Chinese History Stories

魏晋南北朝故事

韩震 ◎ 主编

吉林出版集团股份有限公司

图书在版编目(CIP)数据

魏晋南北朝故事/韩震主编.—长春:吉林出版集团股
份有限公司,2011.1(2024.2重印)
(国民阅读文库·彩图版中国历史故事系列)
ISBN 978-7-5463-4579-6

Ⅰ.①魏… Ⅱ.①韩… Ⅲ.①中国－古代史－魏晋南
北朝时代－通俗读物 Ⅳ.①K235.09

中国版本图书馆 CIP 数据核字(2010)第 254590 号

魏晋南北朝故事　　韩震　主编

出版策划:崔文辉		特约审稿:尚尔元	
选题策划:赵晓星		文字撰写:蔡玉奎	
责任编辑:赵晓星		设计制作:永乐图文	
责任校对:于姝姝		插图绘制:北京星蔚时代	

出　　版:吉林出版集团股份有限公司
　　　　　(长春市福祉大路 5788 号,邮政编码 130021)
发　　行:吉林出版集团译文图书经营有限公司
电　　话:总编办 0431-81629909　营销部 0431-81629880/81629881
印　　刷:三河市华阳宏泰纸制品有限公司
开　　本:787mm × 1092mm　1/16
印　　张:10
字　　数:120 千字
版　　次:2011 年 1 月第 1 版
印　　次:2024 年 2 月第 6 次印刷
定　　价:49.80 元

如发现印装质量问题,影响阅读,请与印刷厂联系调换,电话 13313168032

总序

　　人们常说开卷有益，因为读书可以让人分享更多的经验、了解更多的知识、感悟更多的情感、领会更多的道理、内化更多的智慧。作为人类进步的阶梯，人类须臾不能离开图书的支撑。

　　图书的力量是由语言所内涵的经验、知识、思想、文化和智慧构成的。作为万物的灵长，人类命定是与语言联系在一起的。语言是人类精神生存的家园。如果说口头语言扩展了人类交流经验知识的内涵，文字语言却进一步使人类理智具有了超越时空的力量。图书，无论介质怎样，也不管形式如何，都无非是把文字语言加以整理保存下来的形式而已。有了图书，在前人那里或他人那里作为认识结论或终点的知识，都可以成为我们进一步探索的起点。假如没有图书，知识将随着掌握者肉体的死亡而消失；有了图书，所有的知识都可以积累起来，传递下去。

　　图书所体现的文字语言的力量，是通过阅读形成的。阅读，或同意、或保留、或质疑、或辩驳，都可以激活人们的思想力、想象力、创造力，都可以感染人们的人性情怀和情感世界。文字符号必须通过与鲜活头脑的碰撞，才能擦出思想的火花。只有通过阅读，冰冷的符号才能迸发出智慧的火焰。因此，图书不只是为了珍藏，更是为了人们的阅读。各种媒介的书写——甲骨文、竹简、莎草纸、牛皮卷、石碑、木刻本、铅印本、激光照排、电子版——都须在人们的阅读中，才能发挥传递知识、传承文明、激发智慧的功能。

　　阅读犹如划破时空边界的闪电，使知识的传递和思想的交流不再限于一定时空体系内面对面的直接的人际交流。在这个意义上，读书已经构成超越时空的力量。

　　阅读是照亮晦暗不明的历史档案馆的明灯。通过文字的记载、叙述与说明，书籍使人类的知识、思想、情感和文化跨越了历史的长河，形成了文化传承的绵延纽结。通过阅读，我们可以与古代的先哲前贤进行思想对话。阅读《诗经》，似乎是让我们穿越时空隧道，回到几千年前的远古时期，感悟古代神州各地先民的所求所望；阅读经典，也能够让我们与老子、孔子、庄子、孟子、韩愈、柳宗元、苏轼、朱熹、康有为、梁启超、孙中山等无数先哲对话切磋……

阅读是连通不同文化之间鸿沟的桥梁。通过读书，我们不仅了解了中国古代思想家的理想与追求，还了解了古希腊苏格拉底、柏拉图、亚里士多德等哲学家的关注与思考；通过读书，我们知道了洛克、伏尔泰、狄德罗、卢梭、康德等启蒙思想家的探索与呐喊；通过读书，我们也可以与非洲、拉丁美洲、欧洲的人们一起，对现代世界或感同身受，或看法不一……

阅读关系每个国民的科学素质和文化素养。读书往往决定一个人的文化修养、知识广度和思想境界。阅读，让我们与伟大的心灵对话，与智慧的头脑同行。有了阅读，每个人都可以站在巨人的肩上！阅读，不仅让人有知识，而且有文化；不仅有能力，而且有智慧；不仅有头脑，而且有心灵。所以，人们说，书读多时气自华。在一定意义上说，你阅读什么书，你就是什么人；你的阅读水平，也就是你作为人的生存状态或生存样式。谁阅读的书更多些，谁的知识视阈也就更广阔些；谁阅读的书更多些，谁的精神世界也就更丰富些。

阅读关系一个民族的素质和质量，影响一个国家的前途和命运。如果说一个不读书的民族是没有希望的，那么善于读书、勤于阅读的民族才会有光明的未来。国民阅读能力和阅读水平，在很大程度上决定一个民族的基本素质、创造能力和发展潜力。善于阅读的民族，才能扬弃地继承本民族的优良文化传统，才能批判地吸纳世界各国最优秀的思想成果。一个民族的精神发育史，就是一个民族的阅读史。如果说阅读可以让一个人站在巨人肩上前行，那么一个善于阅读的民族就是站在人类文化成果的最高峰进步。在这个意义上，实现中华民族伟大复兴的愿景就有赖于全体国民的阅读。

　　历史早已证明：无论是传承传统文化，还是引进外来文化，无论是学习已有的知识，还是探索新的可能，图书都是不可或缺的有效载体或工具。但图书的作用不能仅仅是静静地摆在图书馆的书架上，而是让所有国民有更多的阅读机会。让更多的人有更多的阅读机会，就成为摆在我们面前的愿景。

　　吉林出版集团推出《国民阅读文库》，可谓应运而生，恰逢其时。这套内容丰富、体系宏大的丛书，面向全体国民一生的阅读需要，以通俗易懂、简洁明快、图文并茂的方式，辅以光盘等现代数字媒介，着眼国民需要，方便大众阅读。其受众对象，从幼儿到老年、从农民到工人、从群众到干部，包括所有群体，无一遗漏；其内容涵盖，从哲学社会科学、自然科学至日常生活、艺术审美、休闲娱乐，无所不包。编辑出版这套丛书，目的就是为了更有效地弘扬中国传统文化的精髓，吸纳全人类优秀文化的精华，传播人类最新知识和思想文化成果。

　　总之，这套丛书按照系统的整体思想，提出自己的独特出版规划，全面涵盖了读者群体与知识领域；这样的出版规划，旨在为全体公民提供一生的文化营养，构筑新时代国民的精神家园。希望有更多的人，流连于这个知识的海洋，漫步在这块思想的沃土，在这里汲取营养，在这里学习知识，在这里滋润情感，在这里丰富心灵，在这里提升能力，在这里升华理想。

　　祝愿各位读者与《国民阅读文库》同行，做一个终生阅读者，在阅读中获得快乐，在阅读中得到成长，在阅读中寻找成功，在阅读中度过有意义的人生！

前言

中华民族是一个有着五千年历史的文明古国，在漫漫的历史长河中，深深地烙下了自己的印迹。每一个重大的历史事件，每一位英雄伟人，就像是历史长河中的一幅图片，编织着五千年的历史画卷，见证着伟大民族的兴衰历程。

少年是国家的栋梁、民族的希望。在竞争激烈的当代，中国能否成为顶尖的世界强国，全在于少年的努力——"少年强则国强"。而历史是少年最好的老师，它像一面镜子映射出中华民族五千年的兴衰荣辱，我想每一个热爱生活的少年，都应该去了解祖国的历史，了解那些惊心动魄的历史画面和叱咤风云的时代缔造者。少年只有了解了中华民族的发展轨迹，才能从前人身上吸取经验和教训，从而更深刻地认识自己，正视现实，展望未来。

出于上述的目的，我们编纂了这套丛书。针对少年儿童的阅读兴趣，略去了传统中国通史严肃的叙述方式和枯燥的记叙手法，而选取了历朝历代最具特色的人物及历史事件；用生动的语言，以讲故事的叙事方法，将一个个历史事件娓娓道来。让小读者在阅读故事的同时，不知不觉便了解了中国几千年辉煌的历史。另外，为了消除阅读障碍，我们特别给生僻字标注了拼音；为了扩展知识面，我们特别增加了知识链接的小栏目。

读史使人明智，鉴史可知兴衰。到达知识的彼岸，需要我们不懈的努力，"路漫漫其修远兮，吾将上下而求索"，真心地祝愿我们的少年朋友能够在这套丛书中学到知识，增长见识，为中华民族的腾飞贡献自己的力量。

目录

司马昭之心路人皆知

　　东汉末年,群雄割据,通过混战兼并,最后形成魏、蜀、吴三国鼎立的局面。在魏国有一位历史上赫赫有名的人物,他就是司马懿 (yì)。司马懿,字仲达,河内温县人,三国时期魏国杰出的政治家、军事家,西晋王朝的奠基人。曾任曹魏的大都督、太尉、太傅,是辅佐了魏国三代帝王的托孤辅政之重臣,后期成为掌控魏国朝政的权臣。

　　司马懿早年曾追随曹操南征北战。曹操死后,曹丕即位,没多久就取代汉朝登基为帝,建立魏国。曹丕即为魏文帝。由于司马懿为曹丕"篡汉"鞍前马后,所以曹丕登基后,对司马懿非常信任,并加以重用。曹丕曾经多次伐吴,每一次都是让司马懿留守后方,总管后方事务。曹丕曾经下诏对司马懿说:"我向东,将军就为我总管西面的事务;我向西,将军就为我总管东面的事务。"由此可见曹丕对司马懿的信任。226 年,曹丕病重,临终时,令抚军大将军司马懿与中军大将军曹真、镇军大将军陈群、征东大将军曹休为辅政大臣。而且曹丕还对太子曹叡 (ruì) 说:"这几个人,是你不需要怀疑的。"

曹丕死后，太子曹叡即位，是为魏明帝。在魏明帝时期，司马懿成为对抗东吴与蜀国的主要将领，特别是他曾多次亲率大军成功对抗蜀国丞相诸葛亮的北伐，这是他生平最显著的功绩，也是最为后人津津乐道的事迹。由于其抗蜀有功，司马懿被升任为太尉。237年，原魏辽东太守公孙渊背叛魏国，自立为燕王。消息传到魏都，明帝立即召司马懿回京，命其率兵讨伐。于是238年，司马懿率步骑兵共4万人从京师出发，前往辽东讨伐公孙渊。结果司马懿不费吹灰之力就平定了叛乱，这使得他成为魏国非常有声望的大臣。不承想在他得胜回朝的路上，明帝已经病入膏肓了，于是三日内连下五道诏书召他火速回京。司马懿一见诏书这样急迫，就预感到可能有大事将要发生，于是昼夜兼程赶路。等他回到京城入见明帝的时候，明帝已经卧床不起，见他已经赶回，忙拉着司马懿的手，眼光注视着太子曹芳，说："我的病很重，只能把我的身后事托付给你了。等我死后，你要与大将军曹爽一起齐心辅佐太子。我一直苦苦地忍耐就是要等你回来，现在见到你了，我也就没有什么遗憾了。"

司马懿连忙跪倒，泪流满面地说："谢皇上信赖，臣一定不负圣恩。"

魏明帝得到满意的答复后，不久就去世。之后，齐王曹芳即位，当时曹芳只有9岁，由辅政大臣司马懿与曹爽共同执掌政令权力。曹爽欲排

挤司马懿,想让尚书奏事先通过自己,以便专权,于是向天子进言,任命司马懿为没有实权的太傅,实际上是将他架空。司马懿见曹爽等人野心勃勃,便称自己有病不去上朝,表面上迷惑曹爽等人,实际上在暗中布置力量,伺机消灭曹爽集团。249年,曹爽等人陪同曹芳出洛阳城南拜谒明帝高平陵,司马懿乘机在洛阳发动政变,上奏郭太后,历数曹爽等人罪过,请求将他们废除,太后准奏,从而使司马懿夺取了朝中大权。

司马懿251年就病死了,他的两个儿子司马师、司马昭相继继承他的职位,主掌朝政,专权自恣。特别是司马昭掌管朝政时期,更加专横跋扈,目无皇帝。当时魏国的皇帝是曹髦(mào),他对司马昭非常不满,于是常常召集侍中王沈、尚书王经、散骑常侍王业等大臣密谋对策。他愤怒地对他们说:"司马昭企图篡夺帝位的野心,是人所共知的,我不能坐着受废黜的侮辱。"这就是"司马昭之心,路人皆知"的典故了。260年,曹髦不甘心做傀儡,于是率数百名仆从向司马昭进攻,结果被杀。司马昭另立曹奂(huàn)为帝,政权完全为司马氏所控制。263年,司马昭利用蜀国内部混乱的机会,派邓艾、诸葛绪、钟会率大军分三路攻蜀。蜀后主刘禅出降,蜀国灭亡。司马昭灭亡蜀国以后,自封为晋王,眼看着取代魏国只是一个时间选择上的问题了。不承想,他却在这时病死了。结果他的长子司马炎继承了他的位置,265年,司马炎就采用当初魏国取代汉的方法,迫使曹奂下诏禅位给司马炎。司马炎假意推托一番后,登基为帝,以晋为国号,史称"西晋"。

诸葛亮　诸葛亮(181—234),字孔明,号卧龙,琅琊阳都(今山东省临沂市沂南县)人,蜀汉丞相,三国时期杰出的政治家、战略家、军事家。在世时被封为武乡侯,谥号忠武侯,后世追封他为武兴王。著有《前出师表》、《后出师表》、《诫子书》等。

羊祜以德服人

晋武帝司马炎登基称帝的时候,全国还没有完全统一,蜀国虽然被他的父亲司马昭给灭了,但是吴国仍然占据着江东的大片地方,成为地方的一大割据政权。于是司马炎开始运筹帷幄,准备击灭东吴,结束全国的分裂局面。

为了完成灭吴大业,司马炎早在 269 年就派尚书左仆射 (yè) 羊祜 (hù) 镇守军事重镇荆州,着手灭吴的准备工作。羊祜是西晋的建国功臣,他的外祖父是汉末的大学问家蔡邕,出身书香门第,从小就博学能文,聪慧非常。为官后清廉正直,以仁德著称,深得晋武帝信任。羊祜前往荆州坐镇前,晋武帝对他说:"爱卿此次前往荆州坐镇,要多观察边境形势,探听吴国情况,并做好战争准备,为将来伐吴建立基础。"

羊祜说:"陛下放心,臣定当不负所望。"

然后羊祜前往荆州,到任后,他发现由于荆州地处边境,常年与东吴征战,

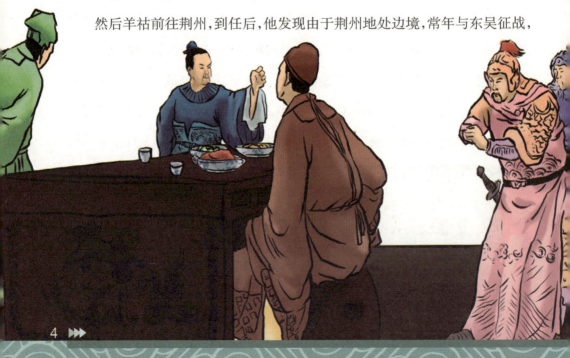

使得物资匮乏，人民生活困苦，民心浮动，连军队里的粮食都不够百天食用的了，而一旦开战，粮运中断是最大的问题。于是，羊祜下令减轻赋税，不再征用百姓的粮食充作军粮，用以安定民心。之后为了解决军队粮食的问题，他又命令减少守卫巡逻的士兵，让他们屯田，开垦了800多顷农田，只用了3年的时间就积蓄了够吃10年的粮食。解决了这些地方的事情之后，没有了后顾之忧的羊祜开始把目光瞄准东吴。由于当时东吴的皇帝孙皓残酷暴虐，很不得人心，所以羊祜决定采用以仁德制胜的策略来争取民心，只要民心所向伐吴也就不难了。于是，每次与东吴交战，他都要事先约好日期才开战，不作突然袭击的打算。有一次，有位将领说要献诈兵之计，羊祜听后却对左右侍从说："来，把他捉住。用美酒灌醉他，让他开不了口。"那将领给扭着灌了个酩酊大醉，不能再说话。羊祜的军队每一次作战经过吴境，割取谷子当做口粮，全都要记下数量，然后送回等值的绢帛补偿主人。每次与部下一起在长江沔 (miǎn) 水一带打猎，总是只限于晋的领地，如果飞禽走兽先被吴人打伤，然后被晋兵得到的，都要送还给吴人。于是东吴边境的百姓对羊祜心悦诚服。

有一回晋军捉到了两个误入晋地的小孩子，被当成了刺探军情的密探送到了羊祜的面前。两个小孩瞪圆了双眼，惊

恐万状。羊祜见了，冲他俩宽慰地笑了，忙招呼士兵说："这哪是什么密探，分明就是两个孩子嘛！快送他们回去，一定要找到他们的家，并要保证他们平安无事。否则，唯你们是问！"两个小孩回去不久，他们的父亲大受感动，说服他们的将军带领着大部队投降了晋军。还有一次，吴国将领陈尚、潘景入侵晋地，羊祜派兵追击，截杀了他们。事后，羊祜隆重地给他们举行了葬礼。羊祜高声宣扬他俩是宁死不屈、报效吴国的忠臣。陈尚、潘景的弟子闻讯后，悄悄赶来送葬，羊祜都是以礼相迎，以诚相送。吴国将领邓香举兵入侵晋国夏口，一败涂地，被羊祜活捉。邓香被晋兵捆绑押送到羊祜面前时，心中诚惶诚恐，羊祜却微笑着亲自给他松绑，并放他回了吴国。邓香感激涕零，连连叩头。他回到吴国后，马上带领大队人马投降了羊祜。

羊祜坐镇荆州十年中所行的仁德策略，让吴国人对羊祜心悦诚服。吴国虽然与晋国敌对，却尊称羊祜为"羊公"。跟羊祜对战的吴国将领陆抗也称赞他说："羊公胸怀宽广，连乐毅、诸葛亮都比不上他啊！"吴国人的心逐渐偏向羊祜。这一切，都为晋国征服吴国奠定了思想基础。但羊祜并没有看到全国统一的那一天，278年他就去世了。当他的死讯传到了荆州，荆州一片哭声，不但晋军哭，连吴军也痛哭流涕，老百姓没有心情做生意了，索性关上门，家家户户都似乎在办丧事。由于羊祜平日喜欢登岘（xiàn）山，后来襄阳人士就在岘山建造了一座巍峨的纪念碑，碑旁盖了一座庙，以纪念这位受人爱戴的大将军。襄阳人每次登山见碑，无不哭得满脸泪痕，因此称之为"堕泪碑"。

荆州，又称江陵城，今湖北省荆州市。地处湖北省中南部，江汉平原腹地，东连武汉、西接宜昌、南望湖南常德，北毗荆门、襄樊，历来为兵家必争之地。同时也是我国历史文化名城、全国重点文物保护单位之一，是楚文化的发祥地之一，是著名的三国古战场，历史上"刘备借荆州"、"关羽大意失荆州"等脍炙人口的三国故事都发生在这里。

灭东吴天下重归一统

　　羊祜死的时候，伐吴的准备工作已经完成得差不多了。而且，当时东吴最后一个皇帝孙皓非常残暴、奢侈。他大修宫殿，尽情享乐不算，还用剥脸皮、挖眼睛等惨无人道的刑罚镇压百姓，上上下下都把他恨透了。

　　279年，晋朝的一些大臣认为时机成熟，劝说晋武帝消灭东吴。但晋武帝心中还有些犹豫，这时，朝中的候官进言道："臣昨天夜观天象，天文显示吴越君道失明，这正是我们的大好机会啊。"晋武帝听了，心中畅快，终于下定决心。说道："吴越的君道失明，孙皓淫暴，该降了。"

　　于是，晋武帝发兵20多万，分几路进攻东吴国都建业。镇南大将军杜预打中路，向

江陵进兵；安东将军王浑打东路，向横江进军；还有一路水军，由益州刺史王濬
(jùn)率领，沿着大江，顺流向东进攻。

王濬是一个很有本事的将军。在晋武帝下达伐吴的命令之前，他就做了很多的准备，发展民生、广积钱粮、督造大批战船。他所督造的战船很大，能容纳两千多人。船上还造了城墙城楼，人站在上面，可以四面瞭望。所以也称作楼船。

王濬自成都出发，率巴东监军、广武将军唐彬进攻东吴丹杨城。王濬声势浩大，丹杨城守不住，转瞬即被王濬攻克。唐彬对王濬道："下一道关卡，就是吴人在水下做的手脚了。将军有把握顺利通过吗？"

王濬道："这个问题，羊公当年已经替我想过了。"

唐彬道："那有什么办法呢？"

王濬道："吴人先在长江险要之处，用铁索横截江面，又作一丈多长的铁锥暗置江中，以拦截船只。当年羊公抓获吴国间谍，将长江江面上所作的手脚了解得一清二楚。"

王濬指着旁边不远处的几十只大筏子道："看见了么，那些长百余步，上面扎着草人，表面上看起来就像一船兵士的筏子就是。"

唐彬道："这些筏子原来用在这儿。"

王濬笑道："准备这么多年，今天总算用上了。"于是传令道："诸船靠后，竹筏子前边开道。"只见，几十个水性极好的兵士驾筏子先行，遇到铁锥，筏子过后，铁锥全都扎在筏子上被带走了。众将士远远见了，欢呼起来。

船队继续前进，远远看见前面狭窄处有数根铁链横锁江面。唐彬道："铁索这么粗壮牢固，我军的战舰怕有麻烦。"

王濬又下令道："放火烧掉横锁！"于是众军士连续不断地在船头架起大火炬，均长十余丈，粗数十围，灌上麻油，遇横锁，放火就烧。不大一会儿，横锁

就被烧断了,江面上船只可以自由行驶,无所阻碍。众将士又是一阵欢呼。

唐彬对王濬道:"孙皓当初设这些障碍物,可没想到这么容易就破解了。"

王濬道:"孙皓不懂军事,自以为设铁锥、横锁就能挡得住我们的进攻,真是稚嫩至极。"

这时由陆路进攻的杜预大军也取得大胜,攻下了江陵。与手下将领商量下一步进军计划时,有人道:"春天已到,天气一天天变暖,恐怕距水患、瘟疫不远了。江南气候,不同于江北,士兵多有水土不服者。最好等到初冬,再大举进击。"

杜预道:"孙皓已经被吓破了胆,我军兵威正盛,正应该趁着强大军阵之势,如同破竹,数节之后,迎刃而解,不费一点儿力气,就能成就大功。说什么也不能半途而废,给孙皓以喘息的机会。这就挥师东北方向,直逼建业。"这时候,东路王浑率领的晋军也逼近了建业。孙皓派丞相张悌(tì)率领三万

9

吴兵渡江去迎战,也被晋军全部消灭。

陶濬原本受孙皓命令讨伐郭马,听说晋兵大举入侵,就率领兵将返回了建业。觐见后,孙皓问道:"晋人水军怎么样了?"

陶濬随意回答道:"陛下不必担心,晋军船很小,远不如咱们东吴船大,水军规模也不会超过我军。若能凑齐二万兵众,乘大船与之决一死战,攻破他们没有问题。"

孙皓大喜道:"好!孤命建业守兵受卿节度,准备与晋人决战!"陶濬本就是庸才,他还以蜀军以前状况在推测王濬的水军。结果他回到军中与众将商议进攻事宜时,众将脸色大变,均知现在的晋军可不是久疏战阵的吴国水军所能抵挡的,但众将都没有说什么,而是保持了沉默,都在想着自己的后路问题。陶濬还以为众将都赞成他的计划呢,就宣布说:"既然众将没有什么不同意见,那么明天我们就出发与晋军决战,一举击溃晋军。"众将表面上应诺,当天夜里却率领手下士兵逃跑了。

因此王濬的水军没有遇到任何抵挡就开进到了建业城下。建业附近100里江面,全是晋军的战船,王濬率领水军将士八万人上岸,在雷鸣般的鼓噪声中进了建业城。孙皓到了山穷水尽的田地,只得自己脱下上衣,让人反绑了双手,带领一批东吴大臣,到王濬的军营前投降。这样,从公元220年开始的三国分立时期宣告结束,晋朝统一了全国。

 王濬(206—286),字上治,小字阿童,弘农湖县(今河南灵宝西南)人,西晋著名军事家。出身于世代为二千石的官吏之家。曾指挥南征灭吴的战役。灭吴之战,王濬共攻克4州,43郡,战功卓著。班师回朝后,被封为襄阳县侯,食邑万户。

扫码查看
☑ 中华故事
☑ 典故趣闻
☑ 能力测评
☑ 学习工具

洛阳纸贵

晋武帝司马炎统一全国以后，西晋政治上趋于安定，经济经过一段时间的发展也呈现出繁荣的景象，在这种情况下，文学艺术也取得了长足的进步。由于这段时间是在晋武帝的太康年间，所以历史上把这一段时间称为"太康繁荣"。在这段时间里，西晋出了一位很有名的文学家——左思。他创作的《三都赋》曾在京城洛阳广为流传，人们对这部作品赞不绝口，文人墨客都竞相传抄，从而一下子使洛阳纸张的价格都贵了起来。原来每刀千文的纸一下子涨到两千文、三千文，而且即使是这样很多人也还买不到纸，不少人只好到外地买纸，抄写这篇千古名赋。这也就是"洛阳纸贵"的典故了。

左思，字太冲，山东临淄(zī)人。由于他身材矮小，相貌丑陋，而且说话还有点口吃，使得他从很小的时候起，他父亲左雍就看不起他，常常对外人说后悔生了这个儿子。左思的学习成绩也确实是平平常常，没有表现出一点的过人

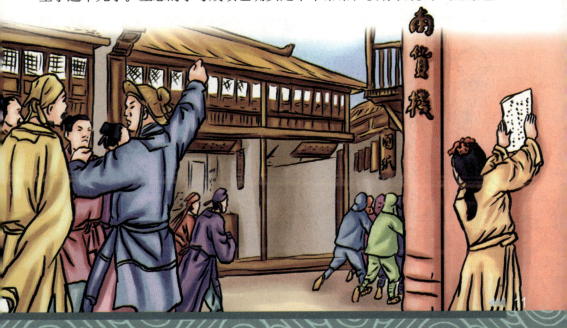

之处。他先是学习书法，后又专攻琴术，都没有取得什么成就。他的父亲对此十分失望，有一次，竟当着他的面，对自己的朋友说："左思这孩子的学习，还赶不上我小的时候呢！"这事对左思的刺激很大，从此他便潜下心来，发愤读书，终于写得了一手好文章，并且以辞藻华丽而小有名气。这时，左思的妹妹左芬因品貌出众、才学过人，被晋武帝选入宫中，左思也就随全家来到了京城洛阳。目睹京都的壮观繁华，左思萌动了效仿班固和张衡写一篇《三都赋》的念头。

原来左思小的时候，曾经读过班固写的《两都赋》和张衡写的《两京赋》，很是佩服文中宏大的气魄和华丽的文辞，认为他们写出了东京洛阳和西京长安的京城气派。然而当他真正来到都城洛阳，将自身融入到洛阳的繁华与壮丽中时，他又发现了两人的作品中虚而不实、大而无当的弊病。于是，他决心依据事实和历史的发展，写一篇《三都赋》，把三国时魏都邺城、蜀都成都、吴都南京写入赋中。为了写《三都赋》，左思特意去这三个城市及其周边地区考察，收集大量的历史、地理、物产、风俗人情的资料。收集好资料后，他便闭门谢客，开始苦心创作。他为了这部作品简直到了走火入魔的地步，在室内、院中，甚至茅厕内都放上了纸，不管在什么时间，不论走到哪里，只要想到一个好词、一个好句，便立即用笔记下来，从不放过任何一次灵感火花的闪现。就这样，他远离热闹、忍受着寂寞，专心著书，熬过了整整10个酷暑严冬，终于写成了轰动一时的《三都赋》。

然而，这部作品刚刚问世的时候不但没有引起轰动，反而遭到了很多人的冷嘲热讽。当时一位著名文学家陆机也曾起过写《三都赋》的念头，当他听说名不见经传的左思写《三都赋》，就挖苦道："不知天高地厚的小子，竟想超过班固、张衡，太自不量力了！"他还给弟弟陆云写信说："京城里有个狂妄的家伙写《三都赋》，我看他写成的东西只配给我用来盖酒坛子！"

左思不甘心自己的心血遭到埋没，就找到了著名文学家张华。张华先是逐句阅读了《三都赋》，然后细问了左思的创作动机和经过，当他再回头来体察句子中的含义和韵味时，不由得为文中的句子深深感动了。他越读越爱，到后来竟不忍释手了。他称赞道："文章非常好！文笔流畅，精彩传神，让人读后叹为观止。那些世俗文人只重名气不重文章，他们的话是不值一提的。皇甫谧(mì)先生很有名气，而且为人正直，让我和他一起把你的文章推荐给世人！"皇甫谧看过《三都赋》以后也是感慨万千，他对文章予以高度评价，并且欣然提笔为这篇文章写了序言。他还请来著作郎张载为《三都赋》中的《魏都赋》做注，请中书郎刘逵为《蜀都赋》和《吴都赋》做注。刘逵在说明中写道："世人常常重视古代人的东西，而轻视新事物、新成就，这就是《三都赋》开始并不被世人所认可的原因啊！"

在名人作序与推荐下，《三都赋》很快风靡了京都，懂得文学的人无一不对它称赞不已。甚至以前讥笑左思的陆机听说后，也细细阅读一番，也点头称是，连声说："写得太好了，真想不到。"他断定若自己再写《三都赋》绝不会超过左思，便停笔不写了。

太 康 繁 荣

太康繁荣，是指从太康元年到太康十年(280—289)，西晋社会较为繁荣的历史时期。但是所谓的"太康繁荣"，其实除了是旧史的溢美外，也有虚假和脆弱的一面。在社会繁荣的背后，隐藏着很多严重的社会问题，在太康之后很快暴露出来，否则西晋也就不会成为一个短命的王朝了。

石崇夸富

晋武帝统一全国后,志得意满,完全沉湎在奢侈荒淫的生活里。在他带头提倡下,朝廷里的大臣把摆阔气当作体面的事。当时的太傅何曾每天的伙食就要花1万钱。这1万钱够一个农民吃上十几年。花了这么多钱,何曾还嫌饭食不好。他皱着眉头子看着桌子上的鸡鸭鱼肉、山珍海味,觉得腻歪极了,叹着气说:"这样的菜叫我怎么吃得下去呀!唉!简直没地方可以下筷子啊!"后来,他的儿子干脆把每天的伙食费加到了二万钱。

但要真的说阔气,何曾跟石崇比起来,那还真差得远呢。石崇是晋帝国的超级富豪,在荆州做官的时候指使治安部队假扮强盗,靠打劫富商大贾的血腥勾当完成了资本的原始积累。致富后,用赃款行贿上司,得以入京做官,加入了坐在衙署贪污受贿的官僚队伍,积下了更大的家当,成为晋帝国的超级大富豪。

石崇既然非常富有,来他家寻开心打秋风和献殷勤的人自然摩肩接踵,石崇也经常在家举办豪华宴会,宴请晋帝国的达官显贵和文人墨客。每逢大宴宾客,石崇就安排美女在座上劝酒。并且规定:哪个宾客不喝酒或者喝酒不尽兴,就是劝酒的美人儿不好,不招客人喜欢。就要把那个劝酒的美人儿杀了,表示抱歉。有同情心但不胜酒力的宾客为了让美女活命,只好过量饮酒,以致当庭酩酊大醉。王导和王敦两兄弟曾共赴石崇的宴会。王导酒量很小,因为怕劝酒的美女被杀,只好强饮数杯,当场醉倒在席上。王敦酒量很大,但他心肠硬且好恶作剧,任凭美女流泪劝酒也不肯喝一口。一连三位美女失去俊美头颅,可王敦仍不动声色,依旧滴酒不沾。王导责备兄弟无恻隐之心,王敦回答说："他杀自己家人，跟我有什么关系？"

　　晋武帝的舅父、后将军王恺 (kǎi) 也有亿万家私，他的官职和社会地位比石崇高，听到石崇的豪富水准后心里很不平衡，心想："我堂堂皇亲国戚，世代做官的大家族还不比你个土肥佬、暴发户有钱。"所以他就总找机会要跟石崇比一比，看看到底谁有钱。王恺为了炫耀自己的富有，他让全家人跟他一块儿出外游山玩水，事先叫人在要路过的道上，用紫色的丝布做成"步障"，就是用丝布把路挡起来，成了一条"胡同"，一共有 40 里长。王恺一家人在步障里一边走，一边玩儿，别提多神气了。这个奢华的装饰，把洛阳城轰动了。这事让石崇知道了，他说："这有什么了不起，看我的！"他比王恺还厉害，带了几个小老婆也出去玩儿，后面有一大群的仆人跟着。他也命人拉上"步障"。他这"步障"可不是丝布的了，而是用五彩锦缎做的，足有 50 里长。这件事一传开，人家都说石崇家比王恺家阔气。

王恺输了一阵，但他不甘心罢休，就向他的外甥晋武帝请求帮忙。晋武帝觉得这样的比赛挺有趣，就把宫里收藏的一株两尺多高的珊瑚树赐给王恺，好让王恺在众人面前夸耀一番。王恺乐滋滋地把珊瑚树拿回家，装到一个雕花的盒子里。然后，他叫人抬着，扬扬自得地去石崇面前炫耀，心想："这回他可得输给我了。"没曾想，石崇见了珊瑚树，仔细看了看，就拿起一把铁如意对准了珊瑚树用劲打了下去，"哗啦"一下，珊瑚树全散了。王恺看到自己的王牌宝物毁于一旦，当即气冲牛斗，要和石崇玩命。

石崇的反应是从容一笑，说道："区区薄物，值得你发那么大的火吗？我赔你损失还不成吗？"命令管家取出家藏珊瑚树任王恺挑选。不一会，管家带着十几个下人捧出了十几株珊瑚树，高大的约三四尺，次等的约两三尺，如王恺所示的珊瑚树要算最次等的。石崇指着珊瑚树对王恺说："你看看哪一株能补偿你，你就自己随意选吧。"事到如今，王恺只好认输，两只脚抹油走人，连击碎的珊瑚树也不要了。

这场比阔气的闹剧就这样结束了。石崇的豪富就在洛阳出了名。当时有一个大臣傅咸，上了一道奏章给晋武帝。他说，这种严重的奢侈浪费，比天灾还要严重。现在这样比阔气，比奢侈，不但不被责罚，反而被认为是荣耀的事。这样下去怎么了得。晋武帝看了奏章，根本不理睬。他跟石崇、王恺一样，一面加紧搜刮，一面穷奢极侈。西晋王朝一开始就这样腐败，这就注定要发生大乱了。

珊瑚 由许多珊瑚虫的石灰质骨骼聚集而成的东西。形态多呈树枝状，上面有纵向条纹。颜色常呈白色，也有少量蓝色、红色和黑色。生长在赤道及其附近的热带、亚热带地区水深100—200米的平静而清澈的海水中。主要产于地中海。珊瑚不仅形象像树枝，颜色鲜艳美丽，可以做装饰品，并且还有很高的药用价值。

周处除害

　　280 年，晋国灭了吴国，三国鼎立的局面结束了。当时灭吴的统帅王浑到了建业接受了孙皓的投降后，一连摆了好几天的庆功酒。这也是为了让吴国人瞧瞧晋国的威风。一天，王浑在酒席上喝得正高兴，一抬头，看见吴国的降臣们一个个有说有笑，连吃带喝。他心里挺瞧不起这些人。怎么亡了国了还这么高兴呐？于是，他就很傲慢地对吴国的降臣们说："你们这些人呐，叫我怎么说好哇！国都亡了，就连一点儿难受的劲儿也没有吗？"这话一出口，吴国的降臣们脸上都热呼呼地红了起来，一个说笑的也没有了。王浑笑着心里很得意。

　　忽然，一个人站起来大声说："将军，您的话不对。原先是吴、魏、蜀三国鼎立，后来是魏国灭了蜀国，接着，魏国也让晋国给灭了，最后才是晋国灭了吴国。魏国亡在先，吴国亡在后。可您从前是魏国的将军，要说难受，怎么能光是我们这些人难受呐？"王浑听了这话，大吃一惊。他本想奚落吴国的降臣，没想到自己反倒又让人家给奚落了。想了半天，他也没想出说什么好，就装出喝醉了的样子，摆了摆手说："散了吧，散了吧！"

　　那个当面顶撞王浑的人，叫周处，原来在吴国做官，是个敢作敢为的人。周处很小的时候父亲就去世了，母亲过于溺爱他，自小便没人管束。年轻的时候，个子长得高，力气比一般小伙子大。他仗着武艺高强成天在外面游荡，不肯读书；而且脾气暴躁，动不动就动手打人，甚至动刀使枪，成为乡里恶名昭彰、众人唯恐避之不及的人物。另外传说当地的河中有条蛟龙，山里有一头白额猛虎，都来危害百姓，再加上周处，当地人称之为三害，而周处的危害最大。

　　有一回，周处喝醉了酒，摇摇晃晃地在街上走着，一个跟头摔倒了。刚巧有个老头儿打这儿路过，把他扶起来，一看是周处，就连声叹气。周处听了，很不高兴，说："你这老头儿真怪。今年风调雨顺，五谷丰登，该高兴才对，怎么唉声叹气的呐？"

　　老头儿又长长地叹了口气，说道："如今这地面上出了三害，扰乱百姓。三害不除，大伙儿可怎么高兴得起来呢？"

　　周处问："什么三害，我怎么不知道？"

　　老头儿说："南山上有一只白额大老虎，长桥下有一条恶蛟，再加上你，就是三害了。"

　　周处非常气愤。他想，原来乡间百姓都把他当作虎、蛟一般的大害了。说道："我周处本领高强，是少年英雄，怎么是一害了？"

老头儿哈哈大笑,说道:"说什么少年英雄,你能斩蛟射虎,为民除害吗?"

周处说:"虎、蛟龙算得什么,还禁得住我刀枪弓箭吗?"说完,周处转身就走了。

第二天,周处带着弓箭,背着利剑,进山找虎去了。到了密林深处,只听见一阵虎啸,从远处窜出了一只白额猛虎。周处闪在一边,躲在大树背面,弯弓搭箭,"嗖"地一下射中猛虎前额,结果了它的性命。然后,他把死老虎拖了回来,烧了一大锅老虎肉,请街坊邻居都来吃老虎肉。邻居们看见都说:"这回周处总算做了件好事。"

又过了一天,周处换了紧身衣,带了弓箭刀剑跳进水里找蛟去了。那条蛟

隐藏在水深处,发现有人下水,想游上来咬。周处早就准备好了,在蛟身上猛刺一刀。那蛟受了重伤,就往江的下游逃窜。周处一见蛟没有死,紧紧在后面跟住,蛟往上浮,他就往水面游;蛟往下沉,他就往水底钻。这样一会儿沉,一会儿浮,一直追踪到几十里以外。

三天三夜过去了,周处还没有回来。大家议论纷纷,有的说:"周处这小子一定是让蛟咬死了!"

有的说:"他死了,真是咱们大伙儿的福气呀!"

还有的说:"这可好了!虎、蛟都死了,周处也死了,三害都除了!"本来,大家以为周处能杀死猛虎、大蛟,已经不错了;这回"三害"都死,大家喜出望外。街头巷尾,一提起这件事,都喜气洋洋,互相庆贺。

没想到到了第四天,周处竟安然无恙地回家来了。周处回到家里,知道他离家三天后,人们以为他死去,都挺高兴。这件事使他认识到,自己平时的行为被人们痛恨到什么程度了。于是他决定悔过自新,就去吴郡找陆氏兄弟,陆机不在,只见到陆云,周处便把事情的经过都告诉了他,同时说:"我想改正过错,只是已经虚度了光阴,最终怕也不会有什么成就。"

陆云说:"古人很看重'朝闻夕死',况且您的前途还很有希望。再说一个人只怕不能立定志向,又何必担忧美名得不到传扬呢?"周处听了后觉得很有道理,便改过自勉,最后成了忠臣孝子。

陆 机 与 陆 云

陆机(261—303),字士衡,陆云(262—303),字士龙,吴郡华亭(今上海市松江县)人,以文名著称于世,人称"二陆"。吴郡陆氏是当时江东地区最为显赫的家族之一,孙吴时期一门有二相、五侯、十余将军,尤其是陆机之祖父陆逊、父陆抗实为孙吴柱石之臣。

何不食肉粥

　　晋武帝司马炎统一了中原,定都洛阳以后,志得意满,开始了花天酒地的享受。按理说晋武帝应该很高兴才是,可也有件不如意的事,那就是他的太子笨得厉害。太子名叫司马衷,是晋武帝的二儿子。晋武帝和他祖父、伯父、父亲都是善于玩弄权术的人,可是他的儿子——太子司马衷偏偏是一个什么也不懂的低能儿。二十多岁的人对国家大事一点儿也不懂,整天就会跟宫女们玩儿,简直是个大傻瓜。朝廷里里外外都担心,要是晋武帝一死,让这个低能儿继承了皇位,不知道会闹出什么乱子来。

　　有个叫和峤(qiáo)的大臣,觉得应该提醒提醒晋武帝,就找了个机会对晋武帝说:"皇太子很老实,很厚道,这太好了。可是现在的人很虚伪,骗人的事常见,光靠老实恐怕不行吧?"没想到晋武帝听了满脸不高兴。和峤碰了一鼻子灰。

　　尚书令卫瓘也打算劝劝晋武帝,他就想了个办法:趁晋武帝开宴会的时候,他假装喝醉了酒。卫瓘七扭八歪地走到晋武帝的身边,"噗通"跪下,哩哩啰啰地说:"臣、臣有事要、要启奏陛下。"

　　晋武帝说:"有什么事你就说吧!"

　　谁知卫瓘什么事也没说出来,光那么"臣……臣……臣"说了半天。最后,他摸了摸晋武帝坐的椅子背儿说:"这个座位太……太可惜啦!"

　　晋武帝一听就明白了:卫瓘这是在说太子呐!他也假装糊涂,不理会这些话,摆摆手说:"你喝醉了,歇着去吧!"叫人赶快把卫瓘扶了出去。晋武帝也知道自己的儿子不怎么样,所以打那以后,晋武帝也有点犹豫。于是,他就想

考考太子，看他到底行不行。晋武帝把几件没处理过的公文，密封起来送给太子让他批复。

太子接到公文，翻过来翻过去地看了半天，怎么也看不懂。他不着急，倒把他的媳妇儿贾妃给急坏了。她赶紧派几个心腹，把那些公文拿出宫去找个有学问的人代批，还真给他们找着了一个。那个人想趁这个机会露一手儿，就引经据典，东拉西扯地写了好些。贾妃看了，也不知道批得对不对。她刚想让人交上去，宦官张泓在旁边拦住说："这份卷子好是好，可是皇上明知太子平常不大懂事，现在写出这样一份卷子，反倒叫他怀疑。万一查究起来，就把事情弄糟了。"

贾妃说："对，亏得你提醒一下。那么还是你来另写一份吧。写得好，将来还怕没你的好处！"那个太监就另外起草了一份粗浅的答卷，让太子依样画葫

芦抄写一遍,送给晋武帝。晋武帝一看,卷子虽然写得很不高明,但是总算有问必答,可见太子的脑子还是清楚的,也就放心了。

可是晋武帝司马炎一死,太子司马衷即位,也就是晋惠帝,遇事要他自己决策,就闹出了不少笑话。

有一次,他带了一批太监,在御花园里玩。那是初夏季节,池塘边的草丛间,响起一片青蛙的叫声。晋惠帝呆头呆脑地问身边的太监说:"这是什么东西?"

太监说:"是青蛙叫。"

他又问:"这些小东西叫得这么起劲,是为官家,还是为私人呢?"

太监面面相觑,不知该怎样回答。有个比较机灵的太监一本正经地说:"在官地里的为官家叫,在私人地里的为私家叫。"惠帝似懂非懂地点点头。

又有一年,各地闹灾荒,老百姓没饭吃,到处都有饿死的人。地方的官员把灾情上报朝廷,说灾区的老百姓饿死的很多。这件事给晋惠帝知道了,就问大臣:"好端端的人怎么会饿死?"

大臣回奏说:"当地闹灾荒,没粮食吃。"

惠帝忽然灵机一动,说:"没有饭吃,为什么不叫他们多吃点肉粥呢?"大臣们听了,个个目瞪口呆,哭笑不得。灾民们连饭都吃不上,哪里来的肉粥呢?由此可见晋惠帝是如何的愚蠢糊涂,无怪乎在"八王之乱"中,被赵王司马伦篡夺了帝位。

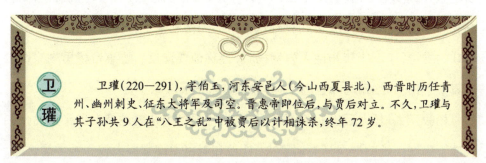

卫瓘(220—291),字伯玉,河东安邑人(今山西夏县北)。西晋时历任青州、幽州刺史、征东大将军及司空。晋惠帝即位后,与贾后对立。不久,卫瓘与其子孙共9人在"八王之乱"中被贾后以计相诛杀,终年72岁。

八王之乱

前文我们讲了晋武帝去世后,司马衷即位后闹出的一些笑话。其实早在晋武帝病重的时候,就立了个遗诏,要皇后的父亲杨骏和他的叔父汝南王司马亮一起辅政,晋武帝到底还是不放心他的白痴儿子。谁知道这一来,弄得杨骏很不高兴。他寻思着:"司马亮一来,我还不是得听他的?我才不干呐!"他就把诏书扣下了没发,也不通知司马亮进京。晋武帝临死的时候,只有杨骏在身边。杨骏为了独揽大权,和杨皇后串通起来,另外伪造一道遗诏,指定杨骏单独辅政。一些诸侯王当然不甘心,就有些蠢蠢欲动了。这时晋朝分封制的弊端就体现出来。

原来,晋武帝灭吴统一天下之后,怕别的大臣像他们家篡夺魏国皇位那样,也来抢这皇帝的宝座,就想着法儿扩大皇上本家的势力。他把自己的叔叔和兄弟都封成王,一口气儿封了27个。这些王都有自己的封地,也都有军队。他想,这么一来,如果朝廷出了什么乱子,各地的王爷都会出兵来保卫本家皇上,江山不就坐稳当了吗?哪里知道这一来,反而种下了祸根。

晋惠帝登基后,册封贾南风为皇后。惠帝黯弱无能,国家政事,皆由杨骏独揽。贾皇后是一个权力欲很大而又心狠手辣的人,她不愿让杨骏操纵政权,秘密派人跟汝南王司马亮、楚王司马玮联络,要他们带兵进京,讨伐杨骏。司马亮胆小怕事不敢答应,可司马玮已经带兵到洛阳来了。贾皇后有了楚王司马玮的支持,于291年指使人告发杨骏,诬称他要谋反。晋惠帝稀里糊涂地,还真下了诏书,派司马玮包围了杨骏的府第,把杨骏杀了。

杨骏死了,杨太后也就给废了。贾皇后寻思自个儿要是马上出头露面,别人准不服气。她就把司马亮请了来,让他和老臣卫瓘掌握大权。她本想这两个人一定对她服服帖帖的,谁知道司马亮和卫瓘事事都是自己拿主意,一点儿也不听贾皇后的。这可叫她太生气了。这个时候司马玮因为没有得到重用心里也很不痛快。贾皇后知道这些,就让晋惠帝下了个诏书,命令司马玮去除掉司马亮和卫瓘。这回司马玮多了个心眼儿。他请求见晋惠帝,当面把话说清楚。贾皇后派了一个宦官出来对他说:"皇上给你的是密诏。你这么进宫去,不就泄露秘密了吗?"

马司玮一想:"对!要动手就赶紧动手。"他马上派兵把司马亮和卫瓘两家子人都杀了。楚王司马玮本来是贾皇后的同党,但是贾皇后怕他连杀两王之后,权力太大。当天晚上,又宣布楚王司马玮假造皇帝诏书,擅自杀害汝南王,把司马玮办了死罪。司马玮知道上了贾皇后的当,大叫冤枉,但已经没有用了。

打那以后,朝廷上没有了辅政的大臣,名义上是晋惠帝做皇帝,实际上是贾皇后专权。由于贾皇后只为晋惠帝生了 4 个公主,太子不是贾皇后生的,贾皇后怕太子长大后,自己的地位保不住,为了达到长期有效地控制朝政的目的,就千方百计想除掉太子。299 年的一天,贾皇后把太子请来喝酒,把他灌得烂醉,趁太子昏昏沉沉的时候,骗他抄写了一封事先准备好的书信。这封信是贾皇后叫人以太

子的口气写的,内容是逼晋惠帝退位。第二天,贾皇后叫晋惠帝召集大臣,把太子写的信交给大家传看,宣布太子谋反。于是,贾皇后就把太子废了。

贾皇后的暴戾和专制及废黜太子,终于引起司马氏宗室诸王的强烈不满和反对。于是掌握禁军的赵王司马伦联络了京城里的一些大臣想要废黜贾皇后。贾皇后得知有人打着拥护太子的旗号想废掉她时,很害怕。300年3月,她借口太子谋反,杀死了太子,以断绝众人的期望。但她的这个做法适得其反,终于激起了宗室诸王的反抗。300年4月,齐王司马冏、赵王司马伦等率兵入宫,废贾皇后为庶人,诛杀了贾皇后及党羽数十人。

司马伦掌握了政权后,以晋惠帝的名义封自己为相国。过了不多久,干脆把晋惠帝软禁起来,自己做起皇帝来。他一即位,为了笼络朝臣,巩固自己的统治,大封文武百官。那时候,当官的戴的官帽上面都用貂的尾巴做装饰。赵王司马伦封的官实在太多太滥了,官库里收藏的貂尾不够用,只好找些狗尾巴来凑数。这也就是"狗尾续貂"的典故了。

各地的诸侯王听说赵王司马伦做了皇帝,谁都想夺这个宝座。这样,在他们之间就展开了一场又一场的厮杀。参加这场混战的有:赵王司马伦、齐王司马冏、成都王司马颖、河间王司马颙(yóng)、长沙王司马乂(yì)、东海王司马越。加上已经被杀的汝南王司马亮、楚王司马玮,历史上称为"八王之乱"。

贾皇后的干政,引起了西晋宗室之间的互相残杀。"八王之乱"的发生,更使西晋日渐衰落,大一统的中国,从此陷入了300多年的分裂割据局面。

杨骏

杨骏,字文长,弘农华阴(今陕西华阴东南)人。官至车骑将军,封临晋侯。因女儿为晋武帝皇后,深受武帝宠信,与他的弟弟杨珧、杨济把持朝廷政权,史称"三杨"。

潘岳和卫玠

　　"八王之乱"爆发后，中国大地连年征战，人民生活朝不保夕，所以人们希望活着时尽情享受，规矩和礼法都被摒弃。性情的放任，产生了对感观美的狂热追求。当时有人提出："重美不重德。"所以，美男要比美女出名。而在当时比较出名的美男子，就要属潘岳和卫玠了。

　　潘岳这名字也许听着耳生，但若提起他的俗名潘安，肯定无人不知。潘岳，字安仁，小字檀奴，俗称潘安，西晋著名诗人，同时也是中国古代最著名的美男子，以至于后世文学中"檀奴"或"檀郎"成了俊美情郎的代名词。民间也

常以"才如子建，貌若潘安"来形容才貌俱佳的青年男士，其中的潘安指的就是潘岳。潘岳不仅俊美无比且才华横溢，是当时洛阳城里最著名的实力派偶像，也是西晋顶尖的文学家。

潘岳年轻时，坐车到洛阳城外游玩，道路两边的女人们发现了他，无不为之着迷，除了列队欢迎之外，有的妙龄少女见了他，怦然心动，忘情地跟在他的马车后面走，因此常吓得潘安不敢出门。有的怀春少女难以亲近他，就往往趁着潘岳驾车出游的时候，往潘岳的车里丢水果或丝帕一类的东西，但由于丝帕比较轻，丢不远，所以落到车子上的就都是水果，以至于潘岳回去的时候车上都装满了水果。于是民间就有了"掷果盈车"之说，如今这个词用来形容美男子受到妇女的爱慕与追捧。

潘岳每次上街都能弄一车水果回来，自然让人又妒又羡，当时有两个非常出名的文人看得眼红，就来了个"超级模仿秀"，此二人一个叫张载，另一个叫左思。张载的长相极为丑陋，却也想学潘安样子潇洒出行，结果人们纷纷拾起破砖烂瓦，砸得他狼狈逃回；左思更是号称"绝丑"，但是其所撰写的《三都赋》在当时非常畅销。就是这么一个大文学家，在效仿潘岳出游的时候还是被妇人们追着车用唾沫星子啐他。张载和左思在当时的文坛影响都很大，经过这两个人的"东施效颦"之后，潘岳的名声更上一层楼。

尽管才貌双全，颇获女人青睐，但是潘岳一生对妻子始终如一。正是基于此，"嫁夫当如潘岳"时至今日仍是女性们津津乐道的话题！潘岳与他的夫人杨氏一同携手走过了人生中的 24 个春秋。其间，两人相濡以沫，两情相悦，忠贞不渝，一直生活在甜甜蜜蜜的幸福中，让所有欣赏潘岳才貌的女子，都只能感叹"只羡鸳鸯不羡仙"。可是，也许是天妒良缘，在潘岳 51 岁那年，他的爱妻杨氏突然撒手人寰，离他而去。虽然此时的潘岳已到了知天命之年，可是深于情、痴于情的他，还是在丧妻之痛中久久不能自拔。最终，潘岳在爱妻离去一年之后，满怀深情地写下了《悼亡诗三首》，开中国悼亡文学之先河，其深深追思之情跃然纸上，让人不由伤怀。

　　说完了潘岳，我们再来说一说魏晋南北朝时期另外一位美男——卫玠。

　　卫玠，字叔宝，河东安邑人。他祖父就是《三国演义》中杀掉邓艾父子的卫瓘，西晋惠帝时位至太尉，他父亲卫恒，官至尚书郎，又是有名的书法家。卫玠自幼丰神俊朗，坐着羊车行走在洛阳街上，远远望去，恰似白玉雕的塑像，时人称之为"璧人"。洛阳居民倾城而出，夹道观看小璧人。他的祖父卫瓘曾经说过："这个孩子与众不同，可惜我年老了，不能看到他长大成人了！"

　　有一次卫玠与母亲去舅舅王济家串门，这位平日里自负风度翩翩相貌英

俊的骠骑将军王济看了这位素未谋面的外甥竟然呆了,过了好长时间才叹道:"别人夸我容貌过人,然而比起外甥根本不足一提,简直是拿石块同明珠宝玉相比,我实在太难看了!"随后就常常带着卫玠四处游玩,还常常说:"与卫玠一起出游,就好像明珠在旁边,明朗、光彩照人。"后来这些话传开了,卫玠就多了个名字——玉润。

八王之乱的前期,卫瓘一家遭到楚王司马玮的屠戮。幸好卫玠跟他的兄弟因病住在医生家,保住了小命。过两天楚王司马玮就垮台了,卫家平了反。八王之乱把西晋政权闹得一塌糊涂,胡人势力乘机进入中原。天下大乱,卫玠费尽口舌说动母亲南下。他兄弟不肯走,后来死在匈奴人手上。一家人辗转来到大将军王敦镇守的豫章。王敦见他一表人才,能说会道,很是器重。但卫玠并不买账,他眼见王敦杀戮同族兄弟,感觉此人野心勃勃,久必生乱,不可依附。于是在其府中享受了几日后,立即告辞,奔投建康。事实证明了卫玠的眼光,不久王敦果然造反,没有成功便被气死了。

早已美名远播的京城美少年来到建康,建康的妇女老少自然是全城轰动,引发了狂热的追星热潮。为了竞相一睹卫玠的玉容,建康全城的百姓将所有卫玠途经的街道都围了个水泄不通,使得从小体弱多病,又一路辗转南下的卫玠,在人群中举步维艰。结果,卫玠多病孱弱的身子骨没禁住这股粉丝的热情巨浪,没几天就魂归西天,这位魏晋南北朝时代的第二美男子死时才27岁,对他的早逝,史称"看杀卫玠"。

王济 王济(约246—291),字武子,太原晋阳(今山西太原)人。西晋大将军王浑的次子。其才华横溢,风姿飒爽,被晋武帝司马炎选为女婿,配常山公主。

陈寿与《三国志》

280 年，西晋灭吴，中国经历百余年的分裂，重新统一。为了政治上的需要，记录和总结三国时期的历史成为当时的一项重要任务。这个时候，陈寿脱颖而出，承担起了这个艰巨而有重要意义的工作。陈寿生活的时代离三国不远，不少事件是他耳闻目睹的，这为他编写三国历史提供了很多便利。为进一步核实史实，他不分昼夜地大量搜集、整理三国时期的档案文献，四方寻访历史人物的踪迹，开始了一部伟大史书《三国志》的编纂。

陈寿，字承祚(zuò)，四川南充人，自幼就受到良好的家庭教育。其父母专门为他修建了读书之所"万卷楼"，并不惜重金，聘请当地名师执教辅导。陈寿少年时就聪慧好学，从小就对历史著作表现出了特别的兴趣。他先通读了最为古老的《尚书》和《春秋》，更精细地研习了西汉司马迁的《史记》和东汉班固的《汉书》，熟悉了写作史书的方法。同时，他所写的文章质朴实在，深得长辈们的赞许。

陈寿在写《三国志》的过程中，还发生过不少有趣的小故事呢。由于在写《三国志》之前，他做了大量的准备工作，所以写作工作一直就很顺利。可是，有一段时间，陈寿忽然停笔了，而且人们看见他总在书房里来回踱步，常常陷入沉思。这是怎么回事呢？

原来，不久前来了一个亲戚，发现陈寿正写到"诸葛亮传"这一章，就问陈寿打算如何写诸葛亮这个人。陈寿说诸葛亮是一位功不可没的历史人物。他的亲戚听了很生气，责备陈寿忘记了家仇。因为陈寿的父亲曾经是马谡(sù)的参军，失街亭以后，陈寿的父亲和马谡一样受到处罚，马谡被诸葛亮斩首，陈寿的父亲受到髡(kūn)刑的处罚,就是削发,剃去头发,是种污辱性的处罚,然后被逐出军营,陈寿的父亲始终把这当作是他一生的耻辱。后来,陈寿又受到蜀国宦官的迫害,处境十分凄凉。因此,陈寿一家认为他们落到这步田地,都是诸葛亮造成的,心中十分怨恨诸葛亮。现在,听亲戚这么一说,陈寿也不禁彷徨起来。他想,诸葛亮一生励精图治,公而忘私,南征北战,百战百胜,的确是位了不起的人物。按理说,应该实事求是地把这些写出来,可是,自己一家的遭遇,又使他在感情上对诸葛亮有些别扭,而且,如果照实写,亲戚们也不会原谅他。到底该怎样写呢?陈寿心里很乱,于是,他干脆停下笔来,想把自己的思绪理清楚。

这天,一位朋友来看他,陈寿憋不住,就把心里的苦恼告诉给了朋友。那位朋友听后说:"人们都称赞司马迁的《史记》,说它正直公允,准确无误,不假意赞美,不隐瞒丑恶。你这部

《三国志》是否也能如此呢?"听了朋友的话,陈寿一下子醒悟过来:是啊,作为一个历史学家,第一要做到的就是诚实无私。当年司马迁宁肯得罪皇上,也要尊重事实,秉笔直书。现在,我难道能为自己私人的恩怨而歪曲历史吗?那我不是成了千古的罪人了吗?于是,陈寿又飞快地写了起来,"诸葛亮传"很快就写成了。

经过近 10 年的艰苦努力,陈寿终于完成了《三国志》的编纂。之后,陈寿又多次进行了修订和补正。全书共 65 卷,计 37 万字。其中魏志 30 卷、蜀志 15 卷、吴志 20 卷。该书上起公元 220 年,下到公元 280 年,是继《汉书》之后的又一部纪传体史学巨著。它包含了汉亡至晋兴之间 60 年的历史,简要总结了汉末晋初中国由分裂到统一的历史经验。史学界把《史记》《汉书》《后汉书》和《三国志》合称前四史,视为纪传体史学名著。

297 年,陈寿死于洛阳。在陈寿一生中,他把 1/3 的时间和心血都投入到了《三国志》的编撰之中。陈寿死后,有人极力向朝廷推荐《三国志》,朝廷即诏令河南尹、洛阳令到陈寿家录抄该书,并收入宫中保存,该书遂成为官修史书。《三国志》后世版本和为其作注者甚多,其中南朝裴松之的《三国志注》,博采众书 150 余种,为《三国志》补充了大量史料,最为著名,也最有价值。

当 1700 年前的南充人陈寿挥笔写下"三国志"这三个字的时候,他或许不会想到,这部耗费了他毕生精力创作出来的史书会跨越时间的阻隔,影响着之后历朝历代的中国社会,1700 年后成为一种独特的文化现象。

马谡 马谡(190—228),字幼常,襄阳宜城(今湖北宜城南)人,蜀国将领。得诸葛亮器重,升为参军,刘备临死前曾告诫诸葛亮说:"马谡言过其实,不可重用。"228 年,他违反诸葛亮的命令,未在街亭当道驻扎,被魏将打败,失了街亭,蜀军被迫退军汉中,他被诸葛亮以违反军法之名斩首。

李特起义

扫码查看
☑ 中华故事
☑ 典故趣闻
☑ 能力测评
☑ 学习工具

　　在晋惠帝统治时期，由于其昏庸无能，人民生活在水深火热之中，这时有一个人站了出来，领导人们反抗，他就是李特。当年曹操攻克汉中的时候，李氏先祖曾率领500多户人家归附，被拜为将军。李氏的孙子李特、李庠(xiáng)、李流，都很有才能并精通武艺，擅长骑射，性格豪爽，为人仗义，同州有很多人归附他们。

　　298年，关中地区连续几年闹饥荒，十几万人逃荒到蜀地。其中，李特和李庠、李流兄弟三人也带领本族的饥民一起逃往蜀地。李特兄弟为人豪爽，心地善良，乐于助人。在路上，流民中有挨饿、生病、无家可归或走投无路的，李特兄弟常常接济、照顾他们。流民们都很感激、敬重李特兄弟，这样，来投奔他们的人越来越多，队伍也越来越大。蜀地当年年景尚好，又远离中原司马氏王族的战乱，百姓生活比较安定。流民们进入蜀地以后，就分散到各地，靠给富人帮工干零活来养活自己。李特兄弟及家族也在绵竹安顿下来。这些来蜀地的人中有不少是同族、同乡，他们在漫长的逃荒途中结下了深厚的友谊，即使分开了，但彼此之间还保持着联系，并有一定的来往，由于人多，他们在蜀地社会中形成了一股不可小看的势力。

　　301年，朝廷派罗尚到成都任益州刺史。罗尚到任不久，很快就发现李特这些人不好管束，担心有一天他们也会犯上作乱，便派人通知李特，限他们7月前必须离开蜀地。更为可恶的是，罗尚见李特他们经过二三年的艰苦劳动，一些人手头有些积蓄，竟下令在蜀道流民回乡的路上设立关卡，企图抢夺流民的财物。流民们听到官府要逼他们离开蜀地，想到家乡正在闹饥荒，回去也没

法过日子，人人都发愁叫苦。而且当时雨水很多，庄稼还不能够收割，筹不出回去的路费。当时很多人劝说罗尚宽限一年，但罗尚却听从了广汉太守辛冉的建议，不肯再延缓。

当时李特、李流因为率领流民讨伐前益州刺史叛乱有功，这时已经被朝廷任命为将军，都封了侯。李特多次请求留下流民，所以流民们都感激并且信赖他，很多人都前来归附，李特就在绵竹搭建很多营帐来安置他们。1个月不到就聚集了超过2万人，李流也聚集了几千人。

这个时候，广汉太守辛冉见李特实力日益强大，就与亲信商量说："罗尚贪婪而不果断，日复一日地拖下去，只能让流民的队伍越来越壮大。李特兄弟都

有不凡的才能，这样迟早我们要做他的俘虏的。应该自己做出决定，不必再向罗尚请示了。"于是派遣步兵、骑兵共 3 万人袭击李特的营地。罗尚听说后，也派兵去协助他们。

谁知道李特早有准备，晋军进入李特的营地，李特故意镇静自若躺在大营里。晋将自以为得计，一声号令，命兵士猛攻李特大营。3 万晋军刚进了营地，只听得四面八方响起了一阵震耳的锣鼓声。大营里预先埋伏好的流民，手拿长矛大刀，一起杀了出来。这批流民勇猛无比，一个抵十个，十个抵百个。晋军没有料到流民早有准备，心里一慌，已经没有斗志，被流民杀得丢盔弃甲，四散逃窜，有几个晋将逃脱不了，被流民们杀了。

罗尚对手下将领说："这个强盗终于气候已成了，辛冉不听我的话，更助长了敌人的气焰。现在还能拿他怎么办呢？"流民们杀散晋军，知道晋朝统治者不会罢休，就请求李特替他们做主，领导他们抗击官府。

李特和流民首领一商量，大家推李特为镇北大将军，李流为镇东将军，几个流民首领都被推举为将领。他们整顿兵马，军威大振。过不了几天，就攻下了附近的广汉，赶走了那里的太守。李特进了广汉，学汉高祖刘邦的样子，宣布约法三章，打开了官府的粮仓，救济当地的贫苦百姓。流民组成的军队在李特领导下，纪律严明。蜀地的百姓平时受尽晋朝官府的压迫，现在来了李特，生活倒安定起来，怎么不高兴。民间编了一个歌谣说："李特尚可，罗尚杀我。"

罗尚　罗尚，字敬之，襄阳(今湖北襄樊市)人，西晋将领。先为荆州参军，累官至平西将军、益州刺史，他性格贪婪、缺少决断。李特在蜀地起兵时，进攻成都，他先败后胜，斩杀李特。

智勇双全的女英雄荀灌

　　李特组织领导了流民起义后，各地的起义、叛乱开始多了起来，西晋王朝在这种内忧外患的情况下一步步开始走向灭亡。在这种天下大乱的时候，襄阳太守荀崧仍然在兢兢业业地治理着地方，为当地的百姓能够过上安稳的日子而进行着不懈的努力。

　　当时，在荆州一带，有很多股叛贼和盗匪，其中比较大的一股叛贼是由杜曾率领的。一天，杜曾的一伙叛贼来到了襄阳城下，要求襄阳太守荀崧和全城百姓奉上大量的钱财和粮食，否则就攻打襄阳城，并扬言破城之后要杀掉太守荀崧，还要杀尽那些忠于太守和敢于抵抗的人。荀崧为人正直刚烈，体察百姓疾苦，时刻想着为百姓做好事，又怎么会向叛乱分子屈服，而使百姓遭殃呢？于是，他怒斥叛贼，同时命令全城的官兵全部登城防御，抵抗叛贼的进攻。

　　杜曾见荀崧不仅不屈服，还怒斥自己，被气得火冒三丈，立刻率领部下向襄阳城发起猛攻。荀崧亲自督战，指挥全城官兵奋力抵抗，由于荀崧平时为官清廉，多为百姓做好事、做实事，深受襄阳老百姓爱戴，他们和守军一起拼命抵抗，接连打退了敌兵的几次进攻。杜曾恼羞成怒，便将襄阳城围了个水泄不通，想把城中军民困死。荀崧见敌人声势强大，难以取胜，就命令守兵紧闭城门，严格把守等待救兵来援。时间一天天过去，敌兵不仅围而不退，还不断攻城讨战。眼看城内的粮草快要吃完，箭矢武器所剩无几，守城的军民死伤人数也一天比一天增多，如果长期拖下去，只能是不战而败，形势万分危急。

　　于是，荀崧召集手下部将商议，讨论来、讨论去，大伙儿皱着眉头，大眼瞪着小眼，仍然没有好的办法。荀崧说："这样坐以待毙是不能持久的。只有派人突围出去，向平南将军石览求援才行。当年在我部下，我待他不薄，只要他知道我的危急处境，必定会发兵来救襄阳。"大家听了也都赞同太守的说法，但由谁穿过重重包围去送信求援呢？这个任务实在是太危险了，一时间大家坐在那里都是默不作声。

这时，荀崧13岁的小女儿荀灌推开众人，走上前来。她说："父亲，请您让我去送信吧，我愿带兵突围搬兵！"荀崧知道女儿从小跟着自己习武，早就练出了一身好功夫，刀枪剑戟也很娴熟，但是担心她人小力单，难当大任。荀灌急忙认真而又恳切地说："父亲，现在城里情况万分危急，若再不想办法出去寻求救兵，襄阳城恐怕难以保全。我作为城内百姓的一员，理应有保卫城池的责

任。灌儿虽然年幼，却有破敌妙法。"

荀崧不以为然地说："那你就说说看，是何妙法？"

接着，荀灌便把自己私下思虑已久的突围办法讲给众人听。大家听了都连连点头，荀崧更是根本没有想到自己的女儿会有如此的才智与勇气，非常高兴。于是，就同意了由荀灌突围求援的请求。

当天夜里，天黑漆漆的。突然，"嗵、嗵、嗵"连响三声炮，接着两队人马分别从东西城门冲杀出来。原来这是荀崧依女儿之计，佯装拼命突围之声势，以吸引敌兵的注意力和兵力；而荀灌则带突围将士趁机从南门突围而去。果然，杜曾闻报荀崧率兵突围，立即调集大队人马赶往东西城门截杀。结果荀灌与她率领的突围勇士有惊无险地冲出了包围圈。之后，荀灌等人日夜兼程，马不停蹄，终于来到荀崧的老部下平南将军石览的驻地。荀灌便急切地将书

信交给石将军，并诉说了襄阳城的紧迫局势、父亲及众将的急切心情和自己带兵突围的经过。石览听完荀灌所说的情况，深感襄阳事态的严重，他不无担忧地说："叛贼兵力雄厚，只靠我的军队恐怕一下子难以击垮他们，必须请求南中郎将周访同时出兵，合力破敌才行。"

荀灌马上说："这样吧，我摹仿父亲的笔迹，给周将军写封求救信，向他言明联合破敌的重大意义：一是，联合消灭杜曾，可以解除各方的后顾之忧；二是，如周将军起兵救援，其大义行为必能为世人称颂，而名垂青史。我想，读了这封信，周将军不会不有所动。"

石览觉得荀灌说得很有道理，当即令人准备笔墨，由荀灌写信给周访。果然不出荀灌所料，周访看信后，顿时被信中那深刻而明白的道理所折服，立即派其子周抚率领人马与石览协力攻打杜曾。荀崧见援兵已到，率城里守军冲杀出来。杜曾两面受攻，虽奋力抵抗，仍伤亡惨重。他见势不妙，仓皇撤兵而去。襄阳军民得救了。

荀崧亲自到城外迎接平南将军石览和南中郎将周访的儿子周抚，感谢他们的援救。石览将军拉着荀灌的手，说："您有这样一个智勇双全的好女儿，真是令人羡慕。"

周抚也感慨地说："襄阳解围，百姓得救，小荀灌应该是第一个有功之臣，可敬可敬！"

太守，郡一级的地方组织的最高长官。最早始于战国时期，当时的郡主要设在边境地区，称其最高长官为"守"，秦统一天下后，在全国范围内设立郡一级的地方行政机构，最高长官称为"郡守"。汉朝时改"郡守"为"太守"。直至隋朝撤郡，太守才不再作为正式的官名。

西晋灭亡

在李特死后,他的儿子李雄于304年在成都称王。同一年,匈奴左贤王刘渊也反晋独立。匈奴的左贤王刘渊从小就爱读书,《诗经》《孙子兵法》《史记》《汉书》等等,他都读过。他又精通骑马射箭,打起仗来有一套本事。而且他为人慷慨,喜欢帮助别人,所以不但匈奴人愿意听他的,有些汉人也去投奔他。

304年,成都王司马颖为了争权夺利,让刘渊出兵来帮他。刘渊带着人马到了邺城,知道晋朝内部很空虚,就对司马颖说:"我们匈奴人很能打仗。您让我回去再挑选一些人来,准能把咱们这个队伍扩大。"司马颖当然高兴,就答应了。

其实,刘渊是耍了个花招儿。他回到匈奴的地盘以后,马上就建立了自己的政权。他寻思着匈奴人文化低,生产又落后,要是硬打过去,汉人一定会齐心反抗。怎么办呐?他决定把"汉"这个字作为旗号,他对部下说:"汉朝立国久远,可惜早已经亡了。我的祖上娶过汉朝的公主,我就是汉朝的外孙子。我现在姓的'刘',还是跟了外祖父的姓呐!汉朝亡了,我就应该继承我外祖父的正统,由咱们把汉朝再恢复起来。"大伙儿都说刘渊这个主意好。刘渊就把他的国家叫"汉国",他自己做了汉王。

刘渊称汉王后,很快攻下了上党、太原、河东、平原等几个郡,势力越来越大。一些势力比较小的各族反晋力量也都来归附刘渊。其中汉族人王弥和羯族人石勒也都带人来投靠他。308年,刘渊称汉帝。第二年迁都平阳,集中兵力进攻洛阳。

　　洛阳的老百姓虽然恨透了腐朽的西晋王朝，但是也不愿受匈奴贵族的统治。所以刘渊两次进攻，都遭到洛阳军民的猛烈抵抗，不得不退兵。刘渊还打算出兵，没想到得了重病死了。他的儿子刘聪当了皇帝，就派大将刘曜、王弥、石勒分成几路攻打晋朝。

　　这次进攻的气势很大，晋军抵挡不住，汉军一直往南打过去，把洛阳包围了。洛阳的军民奋勇抵抗，但是毕竟寡不敌众。311 年，洛阳城终于被攻陷，晋怀帝做了俘虏。汉军攻入洛阳皇宫后大肆抢掠，抢完皇宫就去抢那些王公贵族的家产，还把城外帝王的坟都刨开，有什么拿什么。见老百姓没什么可抢的，他们一气之下就开始杀人，结果一共杀了 3 万多人，然后放火焚城，致使繁华的洛阳城成为一片废墟。

晋怀帝被匈奴兵押着，到平阳见了刘聪。刘聪非常得意，就封他做了个汉国的大夫。随着晋怀帝到汉国的那些晋朝大臣也都当了官。有一次，刘聪举行宴会，有个穿着奴仆样式的青衣服的人，提着一把银酒壶，走出来先给刘聪斟酒。刘聪咧开嘴笑着说："满上，满上！"大伙儿仔细一瞧：哟！这不正是那位晋朝的皇帝吗？晋怀帝低着头，给大臣们一个个地斟上酒。

有的人冷笑着说："你不是皇上吗？怎么跑到这儿来干这个呐？"

还有人故意责备着说："你们别这么说，人家挺会干这种活儿啊！"大伙儿笑得更厉害了。只有那些晋朝的降官没笑。他们看到晋怀帝红着脸，不敢吱声儿的可怜相，又生气又难受，禁不住流下了眼泪。有几个人实在忍不住了，竟哭出声音来。刘聪看晋朝遗臣还对怀帝这样有感情，一发狠，就把怀帝杀了。

晋怀帝被俘虏的时候，他的侄子司马邺从洛阳逃出来，到了长安。长安的大臣把司马邺立为太子，代行皇帝的职权。这会儿，听说晋怀帝被杀了，司马邺正式地当了皇帝，就是西晋末代皇帝晋愍（mǐn）帝。这位 13 岁的皇帝即位时，长安城中户不盈百，仅有车 4 辆，百官没有官服。结果到 316 年时，刘曜再次攻入关中，围攻长安，晋愍帝被迫出降，被送到平阳。晋愍帝也遭到了晋怀帝同样的命运，在受尽侮辱后被杀。至此，西晋王朝维持了 51 年，终于灭亡。

《诗经》

《诗经》是我国第一部诗歌总集，收入自西周初年至春秋中叶 500 多年的诗歌，共311 篇，又称《诗三百》。先秦称为《诗》，或取其整数称《诗三百》。西汉时被尊为儒家经典，始称《诗经》，并沿用至今。

王马共天下

刘聪攻下长安后，南方还在晋朝官员手里。晋愍帝在被俘前留下诏书，要镇守在建康的琅琊王司马睿继承皇位。司马睿是司马懿的曾孙，他父亲司马觐曾任琅邪王，死后由司马睿继任王位。从307年开始，司马睿做安东将军，一直坐镇建康城。

司马睿刚到建康的时候非常年轻，在王公贵族中没有多少声望，江南的一些大士族嫌他地位低，不怎么看得起他，也不来拜见他。这使司马睿感到势单力孤，忧心忡忡。当时司马睿有一个亲信叫王导，出身于世家大族，在上层社会名气很大，于是，司马睿就向他求计。王导认为，江东一带经济、文化都发达，人们比较讲究出身、门第和名望，琅琊王司马睿资历太浅，很难服人，必须有上层社会的大官僚、大贵族、大名人支持，才能显出他的身份来，王导便为司马睿想出了一个计谋。

当地有一个风俗，每年清明节前后，南方的士族大夫们会和百姓们到江边祈福，王导和他的堂兄王敦，两人在这一天商量好让司马睿坐着人抬的华盖轿子，和高头大马的先头部队，大张旗鼓地一道前往江边，一路上王导率领着高级官员，骑着马，神情很恭敬地跟在左右，随行的兵士们个个仪表庄严，非常有气魄。

当地的有钱人和大小官僚都知道王导是大家族中的名流，看他对司马睿这么尊敬，都认为这个司马睿肯定有来头。江南有名的士族顾荣等听到这个消息，从门缝里偷偷张望。他们一看王导、王敦这些有声望的人对司马睿这样尊敬，大吃一惊，怕自己怠慢了司马睿，一个接一个地出来排在路旁，拜见司马

睿。司马睿马上让队伍停下来，自己亲自下车，向顾荣等人还礼，神色非常谦虚、安详，这使顾荣等人都深受感动。

　　这一来，大大提高了司马睿在江南士族中的威望。王导接着就劝司马睿说："顾荣等人是这一带的名士。只要把这些人拉过来，就不怕别人不跟着我们走。"司马睿便写一封信，让王导拿着，亲自去请顾荣等人，这些人都很乐意

出来做官，便跟着王导来见司马睿，司马睿将他们一一封官，收在自己的门下。司马睿听从王导的安排，拉拢了江南的士族，又吸收了北方的人才，巩固了地位，心里十分感激王导。他对王导说："你真是我的萧何啊！"

318年，晋愍帝被害，西晋灭亡。晋愍帝遇害前留下遗诏给司马睿，说："朕被困长安，若有不测，你可继承帝位。"于是，司马睿在建康即位，重建晋朝。这就是晋元帝。在这以后，晋朝的国都在建康。为了和司马炎建立的晋朝相区别，历史上把这个朝代称为东晋。

司马睿登基之日，百官陪列，乐声清扬，仪式庄严。司马睿开始还没找到皇帝的感觉，出于真心的感激之情，他竟招手让站在殿上的王导一起坐在御座上接受百官朝拜。这个意外的举动，使王导大为吃惊。因为在封建时代，是绝对不允许有这样的事的。

王导忙不迭推辞，他说："这怎么行。如果太阳跟普通的生物在一起，生物还怎么能得到阳光的照耀呢？"

王导这一番吹捧，使晋元帝十分高兴。晋元帝也不再勉强。但是他总认为他能够得到这个皇位，全靠王导、王敦兄弟的力量，所以，对他们特别尊重。他封王导担任尚书，掌管朝内的大权；又让王敦总管军事。王家的子弟中，很多人都封了重要官职。

当时，民间流传着一句话，叫做"王与马，共天下"。意思就是王氏同皇族司马氏共同掌握了东晋的大权。

顾 荣

顾荣，字彦先，吴郡吴县(今江苏苏州)人。晋灭吴后，与陆机、陆云兄弟至洛阳，号称"三俊"。西晋末年拥护南渡的司马氏政权的江南士族首脑。

从奴隶到皇帝

　　西晋皇族间为争夺朝政控制权,相互攻击杀戮,引发了延续 16 年之久的"八王之乱",使得中原各地枭雄竞起,而自东汉以来就入居关中和黄河南北地区的北方少数民族也趁机起兵,攻城略地。在这纷乱不休的年代,老百姓生灵涂炭,那些如走马灯一般变换的皇帝、国王们大都荒淫残暴,并有许多以杀戮为乐者。而在这些人里,后赵高祖羯族人石勒却与众不同,是一位有为的少数民族英雄。

　　石勒,字世龙,羯族人,他家世代是羯族部落的小头目。石勒年幼时就精通骑射,而且胆略超群。302 年,并州发生饥荒,晋东嬴公司马腾派兵捕掠少数民族,卖到山东以换取军资。石勒也被卖给茌平人师懽(huān)当耕奴。师懽是个地主,但还比较开明。石勒到了之后,便和其他人一样下地劳动,但石勒总觉得自己常听到鼓角之声,他告诉劳动的同伴,同伴又将这事告诉了师懽,师懽觉得石勒这个人不是一般的人,便打听了石勒的来历,然后,他除去了石勒的奴隶身份,让他成为一名有人身自由的田客。石勒被赦免后,便在武安一带继续做田客,租种别人的土地生活。有一次,石勒被乱兵捉住,关在囚车里。正好他的囚车旁边有一群梅花鹿跑过。官兵们可能是很长时间没有吃到肉了,看见肥油油的鹿哪还管奴隶,纷纷跑去捉鹿,石勒看见官兵们都不在身边了,机会难得,赶紧拿出了吃奶的劲把笼子砸碎后跑掉了。

　　经过几次折腾,石勒受够了苦,把汉人的官府、地主和军队恨透了,他决心要报这个仇。为改变自己的命运,石勒便联合另一个朋友牧马人汲(jí)桑召集了 18 个人组成一支小骑兵队,号称"十八骑",正式开始了他的戎马生涯。石勒靠着这 18 骑,东打西攻,势力不断扩大,参加进来的人也不断增加。但是不久后他们的命运却因为一个人而改变了,那个人是个军阀,准确来讲是个败军之将,八王之中的成都王兵败被杀,他的部下公孙藩带领残兵败将退到山东。在路上石勒带上了自己的兄弟投奔了公孙藩,在公孙藩的将军大营里,石勒挺直了腰板面对大将军,当公孙藩问他的名字,但是他却支支吾吾地说不出来,因为他是一个奴隶,奴隶是没有名字的。刚刚见面就显得如此尴尬,在旁边的汲桑急忙出来打圆场,喊出了"石勒石勒",而"石勒"这个名字则变成了这个奴隶的名字。十几年后石勒的大名也让所有的人为之一震。

石勒与汲桑投奔公孙藩后不久,公孙藩在一次战役中战死了,大家推选石勒为首领。此时的石勒已经由奴隶一跃为将军,当上了将军的石勒觉得自己应该到了复仇的时候了,当司马腾龟缩在邺城克扣军饷闹得人心涣散的时候,石勒决心到邺城找他的仇人司马腾算账,此时的司马腾不得人心已经达到了极点,当石勒大军杀到邺城的时候,司马腾的军队一哄而散,落荒而逃。司马腾也死在了乱军中,杀了司马腾,石勒没有就此罢手。他不分好歹,看见汉人就眼红,该杀的贵族王公他们是见着就杀;无辜的老百姓也

跟着死了不少。至于财物，更不用说，都让他们抢光了。他们东征西讨，声势渐隆，被当时主掌晋朝权柄的太傅司马越视为眼中钉，派大军围攻。汲桑和石勒力战不支，遭遇惨败，各自逃散。石勒逃回上党，旋即投奔了匈奴汉王刘渊。打这儿以后，石勒的心眼儿就多了。他寻思着，光这么杀人抢东西不行，这不能干出什么大事来。就算是抢到了一块地盘，不会管理，早晚也得丢。为了这个原因，他就开始认真地读书了。由于他从来没有受过汉族文化教育，不认识字，他就让人给他读书听，边听边评论古今一些事的得失。一次，他让人读《汉书》，听到郦食其劝刘邦封立六国的后代时，惊诧地说："这个办法是错误的，为什么汉高祖还是得了天下？"待听到张良的劝阻，就叹道："幸亏有个留侯啊！"

当时有个挺有学问的汉族人叫张宾。他读过很多书，见识也高。石勒带兵到山东的时候，他们俩曾经见过一面。张宾对朋友们说："我见过的将军多了，可真能成大事的我看只有那位胡将军。"因为石勒是羯族人，汉人把外族叫胡人，所以叫石勒是胡将军。后来张宾投靠了石勒，石勒自然十分高兴，什么

事他都跟张宾商量，从此石勒的事业如虎添翼。他让张宾将军中有文化的汉族士人集中起来，组成一个"君子营"，专门研究军事作战。由于石勒骁勇善战，加上有了张宾一批谋士帮他出谋划策，石勒的势力更加强大。

318 年，匈奴族的汉国皇帝刘聪病死。汉国内部也发生分裂，大将刘曜趁机自称皇帝，还封石勒为赵王。石勒可不接受，他说："称王称帝谁不会呀，干吗非叫你封不可？"于是带着自己的人马走了。刘曜也离开平阳到了长安，并且他觉得用汉朝的名义并不能欺骗人民，就把国名改成了赵，自称赵王。石勒更不含糊，也自称赵王，定都在襄国。历史上把刘曜的赵国叫前赵，把石勒的赵国叫后赵。到了 328 年，石勒终于消灭了刘曜的前赵政权。330 年，石勒在襄国正式称帝。但石勒对自己的地位和功绩也有自知之明。332 年，石勒设国宴款待使臣，酒到半酣，石勒便问属下徐光："你看我能和前代哪个皇帝相提并论呢？"

徐光说："陛下您应该高过汉高祖刘邦，比您高的仅仅是轩辕黄帝。"

石勒笑着说："人哪能没有自知之明啊！你说得太过分了。我如果遇到汉高祖，就要尊他为君主，和韩信、彭越一样为他打天下；如果遇到汉光武帝，就要和他一起争夺中原，还不知道最终谁能获胜。大丈夫做事，应当像日月一样光明磊落，不应当像曹操、司马懿那样欺侮别人的孤儿、寡妇，靠着狐媚欺诈来夺取天下！"

石勒称帝后，重用人才，在政治上比较开明，致使后赵初期出现了兴盛的气象。

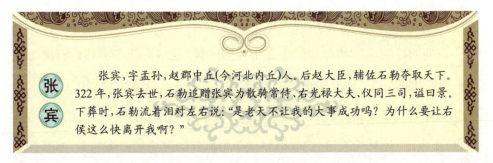

张宾，字孟孙，赵郡中丘(今河北内丘)人。后赵大臣，辅佐石勒夺取天下。322 年，张宾去世，石勒追赠张宾为散骑常侍、右光禄大夫、仪同三司，谥曰景。下葬时，石勒流着泪对左右说："是老天不让我的大事成功吗？为什么要让右侯这么快离开我啊？"

石勒养虎遗患

石勒称帝后,大封亲族,首先立他的儿子石弘为太子、大单于,封他另外两个儿子为秦王和彭城王,又把为后赵立下无数功劳的侄子石虎封为中山王、尚书令,而且还封石虎的儿子石邃为齐王。然而即使是这样,在亲族当中也还有人对他心怀不满,那就是他的侄子石虎了。因为石虎一直认为自己为后赵立有大功,石勒称帝后应该将大单于的位置传给他,结果没曾想石勒传给了自己的儿子石弘,这让石虎非常气愤。有一次他曾经对他的儿子石邃说:"主上自从建都襄国以来,什么事情都不用做,只是坐享其成而已,全靠我为他冲锋陷阵,攻城略地。20多年来,我一共攻下13州。成就后赵功业的,是我啊。大单于的称号应当授予我,现在却给了那个黄口小儿,想起来真令人憋气!哼,既然他这样对我,那也就别怪我心狠手辣。等到他死了以后,我决不会再让他留有后人了。"

石虎是石勒的侄子,从小由石勒的母亲抚养长大。当初,石勒被人抢走卖掉,与他的母亲和侄子们就失去了联系。后来西晋并州刺史刘琨遇到了他们,就将他们送到了石勒处。这时石虎已经17岁了,多年没见,石勒见到他非常亲切,但没过多久就对他大失所望。石虎游手好闲,为人又十分残暴,在军中总是惹是生非,激起了官兵的不满情绪。石勒见状,就对母亲说:"这孩子凶恶残暴,难以教导,如果被军队的人杀了,有损声名,还不如自己来除掉他。"

石勒的母亲说:"耕地快的牛在牛犊的时候,大多会把车弄坏。石虎正是一头会耕地的好牛,你要多加耐心地教导他才是。"石勒默默地点了点头。

石虎长大以后,骑马射箭都很厉害,而且勇猛过人。石勒任命他为征虏将军,每次出征,他都能取得胜利,但是战争中抓到的俘虏和投降的人,他都会不

分男女老幼，一律杀掉。为此，石勒没少批评他。不过，石虎带兵很有一套，下面的士兵都很听他的，能够令行禁止，打仗也都勇猛向前。石勒慢慢地也就比较器重他了。

石勒称帝立太子以后，他手下有一个叫徐光的大臣曾对他说："皇太子仁厚孝顺，温良恭谦，而中山王石虎残暴狡诈，陛下一旦过世，我担心皇位就不是太子能拥有的了。应该逐渐削减石虎的权势，让太子尽早参与朝政。"

太子的舅舅、后赵右仆射程遐也趁机向石勒进言说："石虎剽悍勇猛且有谋略，群臣之中没有能比得上的。看他的志向，除陛下以外，谁都不放在眼里。再加上性格残忍，长期出任将帅，威震内外，他的几个儿子年龄也都不小，都握有兵权。陛下在世自然应当没什么事，但他恐怕不会做太子的臣子。为国家大计考虑，应当尽早将他除去。"

石勒说："现在天下还不安定，石弘年纪又小，应当得到强有力的辅佐。中山王是我的骨肉至亲，有辅佐我开疆辟土的功绩，我正想把伊尹、霍光那样的责任委托给他，哪里到你说的那个地步？你只是担心不能专擅皇帝舅舅的权力罢了。我也会让你参与辅政，不必过分忧虑。"

程遐哭着说："我所担忧的是国家社稷，陛下却以为我是为自己打算而加以拒绝，那么忠言从何而来呢？石虎虽然是皇太后养大的，却并非陛下的亲生骨肉，虽然有些功劳，但陛下酬谢他们父子的恩德荣耀

也已足够了。但他的野心和欲望却没有止境，难道会是有益于将来的人吗？如果不除去他，我看宗庙就将没有人祭祀了。"但石勒还是没有听从。

333年，石勒去邺城巡视刚刚落成的沣水宫，回来的途中得了重病，卧床不起。于是，石虎调派宫中亲信侍卫把守，假称接到诏令，群臣、宗亲都不得入内。所以石勒病情的好坏，宫外没有人知道。到了7月，石勒病重弥留之际，曾经留下遗言说："太子石弘与兄弟几人应相互团结，和睦共处。要吸取晋朝司马家的前车之鉴。"并且奉劝石虎要效仿周公、霍光那样的人，不要给后世留下一个骂名。

然而这个时候的石虎已经听不进去任何人的话了，石勒一死，石虎就挟持了太子石弘，并抓捕曾劝石勒除掉自己的大臣程遐和徐光，又命自己的儿子率兵进宫守卫，文武百官都害怕不已。太子石弘非常害怕，连忙对石虎说自己不是治天下的人才，石虎才是真正的天子。但石虎明白石勒尸骨未寒，就这样强登上帝位只会众叛亲离。于是他对太子说："君主去世，太子即位，这是天经地义的事情。"但太子石弘仍流着泪坚持让位，石虎生气地说："如果你不能承担重任，天下自有人来讨伐你，哪里有事先就说自己做不好的？"石弘只好即位。

石弘即位后，不得不任命石虎为丞相、魏王、大单于，加赐儿锡，并把魏郡等13郡划作石虎的封国，还让他总管朝廷的一切事务。第二年，石虎就将石弘废黜为海阳王。将石弘与他的几个兄弟都幽禁在宫中，过了不久，就将他们全部杀害了。

九锡　九锡是九种礼器。是天子赐给诸侯、大臣有殊勋者的九种器用之物，是最高礼遇的表示。但由于王莽、曹操、司马昭都接受过；后来宋、齐、梁、陈四朝的开国皇帝都曾受过"九锡"，于是"九锡"成了篡逆的代名词。

刘琨巧却匈奴兵

　　西晋灭亡前夕,也曾有一些有识之士想要挽救国家命运,把北方的胡虏赶出中原,恢复汉族的统治。这些人中比较有名的就要数刘琨了。

　　刘琨,字越石,中山魏昌人,西汉中山靖王刘胜的后裔,晋朝著名诗人、音乐家和爱国将领。他与祖逖自幼就是非常要好的朋友,常常同床而卧,同被而眠,而且还有着共同的远大理想:建功立业,复兴国家,成为国家的栋梁之才。

　　当时,晋朝表面上还统治着中原大地,但实际上已是内忧外患,风雨飘摇了。刘琨和祖逖一谈起国家局势,总是慷慨万分,常常聊到深夜。一天,祖逖又和刘琨谈得十分兴奋,刘琨不知什么时候睡着了,祖逖却久久沉浸在谈话的兴奋之中,不能入睡。"喔,喔,喔——"荒原上的雄鸡叫了起来,祖逖一跃而起,提醒刘琨,说:"别人都认为半夜听见鸡叫不吉利,我偏不这样想,咱们干脆以后听见鸡叫就起床练剑如何?"刘琨欣然同意。于是,两人操起剑来,在高坡上对舞。

从此,他俩每天听到鸡头一声叫,就来到荒原上抖擞精神练起剑来,剑光飞舞,剑声铿锵。冬去春来,寒来暑往,从不间断。功夫不负有心人,经过长期的刻苦学习和训练,他们终于成为能文能武的全才,

既能写得一手好文章，又能带兵打胜仗。这就是历史上著名的"闻鸡起舞"的故事了。

刘琨被祖逖的爱国热情深深感动，决心献身于祖国。一次他给家人的信中写道："在国家危难时刻，我经常枕着兵器睡觉一直到天明，立志报国，常担心落在祖逖后边，不想他到底走到我的前头了！"后来，东海王司马越迎惠帝还位，朝政大权也落入他的手中。深受信赖的刘舆这时向司马越推荐自己的弟弟刘琨镇守并州，得到同意。刘琨便于公元306年出任了并州刺史，匈奴首领刘渊得知刘琨竟敢前来晋阳赴任，便派兵在沿途进行截击。匈奴人起兵进攻晋朝以后，并州的官员纷纷往南逃跑，闹得人心惶惶。有些地方上的盗贼，趁着这股乱劲儿，也出来抢劫，扰乱百姓。刘琨就在上党招募了一千多名士卒拼力冲杀，边战边进，才到达晋阳的。

晋阳城当时可谓是满目疮痍，惨不忍睹。他当即上书请求拨付物资，用于军队建设和临时救荒，同时还组织百姓，重筑城地，使荒废了的晋阳城重新焕发了生机，流亡在外的人们闻讯也纷纷

返回城里。晋阳城重新变得坚固起来，兵源也得到很大的补给，刘琨便与刘渊及其子刘聪、其孙刘粲，还有后来立国号为后赵的石勒，进行了多次殊死的军事较量。有一次，数万匈奴兵将晋阳城围了个水泄不通。刘琨见势不妙，如果与敌军硬拼，必然兵败城破，于是他一面严密防守，一面修书请求朝廷派遣援军。可是过了7天援军还未到，城内粮草越来越少，兵士恐慌万状，然而刘琨却仍然泰然自若。一天傍晚，刘琨登上城楼巡视，俯瞰城外敌营，冥思苦想对策。在清冷的月光下，他就站在这座孤城的城墙上，一想到城破后，城中百姓的悲惨遭遇，他的心中就非常愁苦，一时忍不住而放声长啸，声调悲壮。城外的匈奴骑兵被他的啸声惊动，有的人也随着啸声不住地叹息。城外匈奴骑兵的举动，惊醒了刘琨。忽然他想起"四面楚歌"的故事，于是下令会吹胡笳的军士全部到帐下报到，很快组成了一个胡笳乐队。半夜时分，刘琨命令这支胡笳乐队朝着敌营那边吹起了他亲自编写的《胡笳五弄》。他们吹得既哀伤、又凄婉，匈奴兵听了军心骚动，一个个都怀念家乡，无心再战。第二天，匈奴兵们就眼含热泪地撤退了。

后来，刘琨联络鲜卑族首领一起进攻刘聪，没有成功。接着，石勒进攻乐平，刘琨派兵去救，又被石勒预先埋伏好的精兵打得几乎全军覆没。正在这个时候，又传来了长安被刘聪攻陷的消息。到了这步田地，无论刘琨怎样顽强，也没法保住并州，只好率领残兵投奔幽州去了。

四 面 楚 歌

楚汉战争中，诸侯纷纷叛楚归汉。汉王刘邦与诸侯联合将楚军围困于垓下。楚军兵少粮尽，又被汉军重重包围，张良为瓦解楚军的斗志便命汉军高唱楚歌，以动摇楚军军心。楚霸王项羽听四面楚歌同时响起，以为楚地已尽入汉军之手，于是率众突围，终因寡不敌众，最后自刎于乌江之畔。

祖逖中流击楫

前文我们讲了祖逖与刘琨的闻鸡起舞的故事，那么在刘琨浴血奋战的时候，祖逖又在做什么呢？

西晋灭亡的前夕，中原百姓纷纷南迁避难。当时祖逖不掌兵权，无力对抗敌寇入侵，不得已，只有把一腔爱国之心倾注在对父老乡亲的保护上。他护卫着乡亲向淮泗转移。途中，祖逖热心照料同行的人，让老人和病人坐在马车上，其余人和他在车下跟随着；遇到骚扰的士兵或打劫的土匪，就组织青壮年一起把他们打跑。正是因为祖逖在逃亡的过程中帮大家解决了很多困难，并且韬略超人，所以，人们都很拥护他，无论是老人还是孩子都甘愿听从他的指挥，一致推举他为首领。他们辗转流徙，来到长江南岸的京口，琅琊王司马睿把他征为军咨祭酒。祖逖虽然身在江左，但心中时常思念中原，总是坐卧不安，食不甘味，总想着能够挥师北伐，收复中原。当时，司马睿还没有即皇帝位。祖逖急匆匆赶到建康，劝说琅琊王司马睿道："晋朝大乱，主要是由于皇室内部争权夺利，自相残杀，使得胡人乘机起兵，攻入中原。现在中原的百姓遭到胡人的残酷迫害，人人都想要起来反抗。只要大王下令出兵，派我们去收复失地。那么北方各地的人民一定会群起响应。"琅琊王司马睿见祖逖态度诚恳，义正词严，也不便推辞，只好采取敷衍的态度，命他为奋威将军、豫州刺史，拨给他 1000 人的粮饷，3000 匹布，至于人马和武器，全让他自己想办法。

面对这样的冷遇和困境，祖逖虽然很失望，但他也很珍视这个名义上的封职，他整编了随同自己从北方来的乡亲，组成一支精悍的队伍，313 年秋挥师北上，横渡长江。船到江心的时候，祖逖望着滔滔东去的江水，不由得心潮起伏，热血沸腾。他站立船头，面对苍天，用木桨敲击着船舷慷慨激昂地发誓说："父老乡亲们，祖逖若不能平定中原，扫清敌人，就跟这江水一样，一去不回头！"出征的将士都被他感动了，个个摩拳擦掌，斗志昂扬，齐声应答："愿随将军，万死不辞！"祖逖带领人马渡江后，驻扎在淮阴。他们停下来一面制造兵器铠甲，一面招兵买马。没有多少日子，便聚集了两千多人马，经过一番训练后，就向北进发了。祖逖的军队浩浩荡荡地向北挺进，沿途得到人民群众的热烈支持，队伍不断壮大，接连打了几个大胜仗，消灭了数万敌寇，逐步收复了黄河以南的许多土地。当时中原一带有许多地主武装，都设立坞（wù）堡，霸占一方，割据自守，彼此之间争夺地盘，斗争十分激烈。祖逖为了壮大北伐力量，把各堡的地主头领请到军中，晓之大义道："现在国难当头，内斗内耗是民族罪人，联合起来，共赴国难，才是英雄！"他们听了祖逖的话深受震动，于是都握手言和了，并把各堡的强壮青年连同武器马匹一并交给祖逖调遣，支持北伐。对不听号令、依附敌人的，就坚决打击。祖逖的北伐大业得到地方富豪的支持

后,力量越来越大,威望也越来越高。

319年,陈留地方的豪强地主陈川投降后赵石勒,祖逖决定发兵进攻陈川。石勒派遣桃豹率领5万精兵救援,与祖逖的军队决战于蓬陂。两军混战了40天,相持不下,双方的军粮都难以为继了。有一天,祖逖用布袋装满泥土,派1000多名士兵扛着,装作运粮的样子,送到晋营。最后又派几个士兵扛着几袋米,运到半路上,故意停下来休息。桃豹在赵营看到晋兵运来那么多的米,自然眼红,就趁晋兵休息的时候,派了大批士兵来抢。晋兵丢下米袋就跑了。赵营里早已断了粮,抢到了一点米,只能够勉强维持几天,可又想晋军粮食充足,自己却已断粮。于是军心大动,桃豹急令士兵向石勒求救。过了几天,石勒派了1000多头驴子运来粮食接济桃豹。祖逖早就探得情报,在路上设下伏兵,把后赵的粮食全部截获。这样一来,桃豹再也支持不住了,连夜放弃阵地逃跑了。祖逖乘胜率军北进,接连攻克几座贼寇盘踞的城池。

正当祖逖一面操练士兵,一面扩大兵马,预备继续北伐,收复黄河以北的国土时,琅琊王司马睿即皇帝位,为晋元帝。昏庸的晋元帝见祖逖在中原的发展日益壮大,竟放心不过,怕祖逖势力太大了不好控制,便派了一个叫戴渊的来当征西将军,统管北方六州的军事,叫祖逖归他指挥。祖逖为国家辛苦征战,想不到竟换来这样的对待,心里抑郁不快。不久,祖逖听说朝廷内勾心斗角,争权夺利。他忧虑愤懑,积劳成疾,终于病倒了。321年的一个秋夜,祖逖仰望着北方天际的星空,想到壮志未酬,凄然长叹,遗恨而死。这年他56岁。

戴渊(269—322),字若思,广陵(今江苏扬州)人。东晋大臣,官至征西将军,位在祖逖之上。他虽然才学出众,颇有韬略,但因是南方人,对北伐并不积极。但是他对晋元帝很忠诚,故而这是元帝防备祖逖的一个安排。

王羲之东床坦腹

在"王与马共天下"的东晋时期，琅琊王氏一族被认为是天下第一氏族。当时，王导任宰相，王敦统率军事，在东晋可谓权倾一时。在王氏一族中除了有王导、王敦两位权倾朝野的人物外，还有一位家喻户晓的名人，他就是书圣王羲之。

王羲之，字逸少，号澹（dàn）斋，官至右军将军、会稽内史，故人们又称他为"王右军"。王羲之为人坦率，不拘礼节，从小就不慕荣利，只是喜爱书法。他对书法的喜爱已经到了发痴的地步。他没事的时候，就一个人琢磨：这个字怎么搭架子，怎么能写出气派来；横儿怎么摆，竖儿怎么放。心里想着，手还不停地在衣服上划来划去。日子一长，连衣服也划破了。王羲之练习书法很刻苦，他常常在家中的一个大水池旁练习写字，然后用池中的水清洗砚台和毛笔，时间一长，一池子的清水都变得漆黑如墨。

王羲之13岁那年，偶然发现他父亲藏有一本《说笔》的书法书，便偷来阅读。他父亲担心他年幼不能保密家传，答应待他长大之后再传授。没料到，王羲之竟跪下请求父亲允许他现在阅读，他父亲很受感动，终于答应了他的要求。功到自然成，王羲之通过自己刻苦的努力，在书法上的成就也越来越高，名气也越来越大。但是他对书法的热爱从来都没有减弱，仍然那么孜孜以求，希望写出更好的字来。传说，王羲之的婚事就是因为他对书法的痴迷而定的。

王羲之的伯父王导是东晋的宰相，与当朝太傅郗（xī）鉴是好朋友，郗鉴有一位如花似玉、才貌出众的女儿。一日，郗鉴对王导说，他想在王家的儿子和侄儿中为女儿选一位满意的女婿。王导当即表示同意，并同意由他挑选。王

导回到家中将此事告诉了诸位儿侄,儿侄们久闻郗家小姐德贤貌美,都想得到她。郗家来人选婿时,诸侄儿都忙着更冠易服精心打扮。唯独王羲之不问此事,仍躺在东厢房床上专心琢磨书法艺术。郗家来人看过王导诸儿侄之后,回去向郗鉴回禀说:"王家诸儿郎都不错,只是知道是选婿有些拘谨不自然。只有东厢房那位公子躺在床上毫不介意,只顾用手在席上比画什么。"

郗鉴听后,高兴地说:"东床那位公子,必定是在书法上学有成就的王羲之。此子内含不露,潜心学业,正是我意中的女婿。"于是,把女儿嫁给了王羲之。王导的其他儿侄十分羡慕,称他为"东床快婿",从此"东床"也就成了女婿的美称了。

王羲之的一生轶闻趣事颇多，为人们津津乐道！

许多艺术家都有各自的爱好，有的爱种花，有的爱养鸟。但是王羲之却有他特殊的癖好。不管哪里有好鹅，他都有兴趣去看，或者把它买回来玩赏。王羲之认为养鹅不仅可以陶冶情操，还能从鹅的某些体态姿势上领悟到书法执笔、运笔的道理。所以他非常喜欢鹅，特别是好品种的鹅。山阴地方有一个道士，他想要王羲之给他写一卷《道德经》。可是他知道王羲之是不肯轻易替人抄写经书的。后来，他打听到王羲之喜欢白鹅，就特地养了一批品种好的鹅。有一天清早，王羲之和儿子王献之乘一叶扁舟游历山水风光，船到一个地方的时候，只见岸边有一群白鹅，摇摇摆摆的模样，磨磨蹭蹭的形态。王羲之看得出神，不觉对这群白鹅动了爱慕之情，便想把它们买回家去。王羲之询问之下得知是一个道士养的，就希望道士能把这群鹅卖给他。道士说："右军大人，这群鹅本就是贫道为您养的，倘若右军大人想要，就请代我书写一部道家经典《道德经》吧！"王羲之求鹅心切，欣然答应了道士提出的条件。

353年农历三月三日，王羲之同谢安、孙绰等41人在绍兴兰亭修禊(qiē)时，众人饮酒赋诗，汇诗成集，王羲之即兴挥毫作序，这便是著名的《兰亭集序》。此帖为草稿，28行，324字。记述了当时文人雅集的情景。作者因当时兴致高涨，写得十分得意，据说后来再写已不能逮。其中有20多个"之"字，写法各不相同。宋代米芾(fú)称之为"天下行书第一"。传说唐太宗李世民对《兰亭集序》十分珍爱，死时将其殉葬昭陵。留下来的只是别人的摹本。

修禊　古代迷信风俗，阴历三月上旬的巳日（魏以后固定为三月三日），到水边嬉游，以消除不祥的活动。文中指在阴历三月三日这天，进行在水边游玩，以消除不祥的活动。

一代画圣顾恺之

  在王羲之之后，东晋还出过一位大画家，那就是被人们誉为一代画圣的顾恺之。顾恺之，字长康，小字虎头，汉族，晋陵无锡人。曾在桓温、殷仲堪手下做过参军、散骑常侍。顾恺之天资聪慧，多才多艺，工诗擅赋，尤其精通绘画。他不仅擅长人物、肖像，而且山水、花卉、走兽、飞鸟、龙鱼、草木，样样精妙绝伦。当时的人们称赞他有三绝：才绝、画绝、痴绝。

  顾恺之的三绝之中以"画绝"最为著名，这也是他能够流芳百世的依凭。他最擅长人物肖像画，强调画作要传神，特别注重点睛。他认为"传神写照，正在阿堵中"，"阿堵"指的就是眼睛。顾恺之有一次给人画扇面，扇面上是"竹林七贤"中的阮籍和嵇(jī)康的像，但他都没点上眼珠，就把扇子还给人家。扇子的主人问他为什么不画上眼珠，他郑重其事地回答说："怎么能画上眼珠呢？画了上面的人就要说话，变成活人了。"顾恺之最后的话虽然是无稽之谈，但也可以说明他对点睛的重视。

  在他20岁的时候，建康的瓦官寺要重修，僧侣向京城的士大夫募款，但反响并不太热烈，眼见修建计划就要无疾而终，顾恺之却慷慨地捐赠了100万钱。顾恺之并不是什么有钱人，他哪来的100万？所以一些捐钱少的士大夫就说他吹牛皮，说大话，寺院里的僧人也认为顾恺之是在戏弄他们。但顾恺之却胸有成竹地对僧人们说："既然是许诺的，就绝不少你半文。"之后，顾恺之就要求寺院里的僧人把寺里一面墙粉刷洁白，让他在里面作画。他闭门一个多月，画了一幅"维摩诘(jié)居士像"，画作大体完成，只差眼珠没点。寺里的僧人们不理解这是什么意思，顾恺之就说："等开庙的那天，就给维摩诘像点眼珠,并且可以让民众参观。但是有一个条件:第一天来参观的人要捐款 10 万钱,第二天参观的人要捐款 5 万钱,第三天随意捐。"当时,顾恺之已经是比较知名的画家了,顾恺之要给佛像点睛的消息一传后,许多人涌入瓦官寺。顾恺之当众起笔点睛,说也神奇,只那么一点,整个画像便活灵活现起来。民众闻讯而来,很快 100 万钱便凑足了。这幅维摩诘壁画像也就成为他的名作。

顾恺之除了"画绝","痴绝"也是让人叹为观止的。他的痴,是对世事人情看得很透,并不计较一事一物之得失罢了,也是一个画家对艺术追求的心无旁骛而已。有一次,顾恺之的上司桓温的儿子桓玄给了顾恺之一片柳树叶子,说这是"蝉翳叶"。民间流传蝉躲藏的地方,有一片叶子盖着,因此鸟雀都看不见它,而这片树叶就叫"蝉翳叶",如果人以"蝉翳叶"遮蔽自己,别人就看不见。

结果，顾恺之像小孩子一样非常高兴地用柳叶挡住自己，问桓玄是否看得见他。而桓玄则故意对着他撒尿，顾恺之还以为这是桓玄没看见他，才将小便撒在他身上的，于是将这片柳叶珍藏起来。

还有一次，顾恺之要出远门，于是就把自己满意的画作集中起来，放在一个柜子里，又用纸封好，题上字，交给桓玄代为保管。桓玄收到柜子后，竟偷偷地把柜子从后面打开，一看里边都是精彩的画作，就把画全部取出，又把空柜子封好。两个月后，顾恺之回来了，桓玄把柜子还给他，并说："柜子还给你，我可未动过。"等把柜子拿回家，顾恺之打开一看，一张画也没有了，惊叹道："好的画都有灵性，能够变化而去，就像人能够羽化登仙一样，太妙了！太妙了！"其实，这两件事情不是顾恺之看不明白，而正是因为他看得太明白了，才选择了用这样天真而乐观的精神来对待。他是不想因为这些琐事，而影响到他对艺术追求的心无旁骛。

顾恺之还有一个喜好，就是吃甘蔗，但是他有一个习惯，就是在吃甘蔗时跟别人相反，每次都是从甘蔗的梢部吃起。因为甘蔗最甜的部分在根部，这样从梢往根吃越吃感觉越甜。很多人看他这样吃甘蔗感到不解，他回答说："从上往下吃，越吃会越甜，这叫渐入佳境。"他的艺术人生也像他吃甘蔗一样，越往后他的技术和理论都越加成熟。他一生创作了很多优秀的作品，但现在存世的也就仅剩《女史箴图》和《洛神赋图》这两幅画的摹本了。

顾恺之与《洛神赋图》

现存的《洛神赋图》为宋代摹本。此画是以魏国的杰出诗人曹植的名篇《洛神赋》为蓝本创作的。《洛神赋》以浪漫主义手法，描写曹植与洛水女神之间的爱情故事。顾恺之的《洛神赋图》发挥了高度的艺术想象力，富有诗意地表达了原作的意境，是中国古典绘画中的瑰宝。

扫码查看
☑ 中华故事
☑ 典故趣闻
☑ 能力测评
☑ 学习工具

陶侃轶事

在东晋早期,曾出过一位显赫一时的人物,那就是大将军陶侃。陶侃,字士行,东晋庐江浔阳人。他从县吏一直做到荆、江两州刺史,掌管其他六州军事,是当时最有实力的人物之一。

陶侃少时家境贫寒,父亲病逝后,全家只靠母亲一人纺线织布维持生活。为了培养他,陶母付出了全部的心血。在魏晋时期,官场注重出身和权贵举荐,因为当时科举制度还没有出现,陶侃要在政治上有所作为,必须结交有名望的人,走举荐做官这条路,因为他出身贫寒之家。虽然当时家里非常困难,但陶母湛氏仍然鼓励陶侃去结交朋友。陶侃命运的一次转机就靠了朋友。在县功曹周访的推荐下,陶侃到县里当上了主簿,初步摆脱了贱役的命运,后来陶侃又与周访结为姻亲。有一次,鄱阳郡孝廉范逵途经陶侃家,时值隆冬,又连下了几场雪,家中早已断粮多日。可是范逵车马仆从很多,陶侃很为难。陶侃的母亲湛氏对陶侃说:"你只管到外面留下客人,我自己来想办法。"湛氏头发很长,拖到地上,她剪下来做成两条假发,换到几担米,又把每根柱子都削下一半来做柴烧,把草垫子都剁了做草料喂马。到傍晚,便摆上了精美的饮食,随从的人也都不欠缺。范逵既赞赏陶侃的才智和口才,又对他的盛情款待深感愧谢。第二天早晨,范逵告辞,陶侃送了一程又一程,快要送到百里左右。范逵说:"路已经走得很远了,您该回去了。"陶侃还是不肯回去。范逵说:"你该回去了。我到了京都洛阳,一定给你美言一番。"陶侃这才回去。范逵到了洛阳,就在羊晫、顾荣等人面前称赞陶侃,使陶侃在仕途上声名大振,备受瞩目。

陶侃经过范逵的举荐后,做了枞(zōng)阳县的县令。他自幼家教极严,为

官时，母亲常教他要尊民、爱民、亲民，事事以身作则，不谋私利。枞阳是水乡，盛产鱼虾，陶侃经常到鱼湖里察看渔民生产。当时枞阳有一种特制的鱼产品，叫做"鱼酢"。渔民们爱戴陶县令，就送他一陶罐自家做的鱼酢，陶侃接受鱼酢是想送给老母亲。但是他的母亲湛氏，收到鱼酢后立即将陶罐封起来并修书一封，责怪陶侃说："你是一名官员，你以收受贿赂的东西送给我，非但不能让我有一丝好处，反而会让我为你感到担忧啊。"自此以后，陶侃深记母训，从不收下属或百姓的任何物品。

西晋末年，"八王之乱"引起江南动荡不安的局势，为陶侃施展才干提供了机遇。他开始投身戎旅，建功立业。315年，陶侃率兵击败杜弢(tāo)的反晋武装，又攻克长沙，声威大震。于是，朝廷封陶侃为荆州刺史。而当时的东晋权臣王敦因妒忌陶侃功劳，解除了他的兵权，陶侃被贬为广州刺史。那时候，广州还是偏僻的地区，调到广州实际上是降了他的职。到广州后，因为公务少，陶侃一下子成了无事可做的闲人。但他并没有放纵自己。他让人弄来一百块大砖，早晨将砖一块块搬到房外，下午再搬回屋里，常常累得满头大汗。有人

不解，甚至笑他，他却正色道："我正当壮年，总有一天要平定中原，报效国家，生活悠闲不但会变懒，还会败坏身体，以后如何担当重任？"人们听后肃然起敬。

后来，王敦叛乱失败以后，东晋王朝才又把陶侃提升为征西大将军兼荆州刺史。荆州的百姓听到陶侃回来，都高兴得互相庆贺。官虽然做得大了，可陶侃还是十分小心谨慎。荆州衙门里大大小小的事情，他都要亲自认真检查，从来不放松。他常对人说："大禹是圣人，还十分珍惜时间；至于普通人则更应该珍惜分分秒秒的时间，怎么能够游乐纵酒？活着的时候对人没有益处，死了也不被后人记起，这是自己毁灭自己啊！"

有一年，在荆州刺史的任上，因战备需要造一批战船，他常去现场视察督导，发现大量的剩竹头和木屑扔得到处都是，觉得很可惜，就下令将所有的木屑和竹头都收起来，不准弃掉。没几天，木屑和竹头就堆成了小山，大家都很纳闷儿，这些废物又有什么用啊。到了春节前两天，突然天降大雪。第二天，化得衙门前到处是水，按照惯例，初一这天大家要集会，共贺新年，到时候人、车、马来来往往，必定会将门前弄得脏乱不堪。下属们正不知如何是好，陶侃却胸有成竹地说："去把木屑拉来垫上不就成了？"大家对陶侃的细心非常佩服，新春盛会如期圆满地结束了。陶侃去世后，东晋大将桓温组织北伐，发现缺少许多装船用的竹钉，于是将陶侃生前下令保存的竹头全派上了用场。这时候，大家才知道陶侃收集木屑和竹头的用处，佩服他考虑周到。

周访　周访，字士达，庐江浔阳人，智勇过人，是东晋的中兴名将。曾举荐陶侃为主簿，后结为姻亲。当陶侃得罪王敦时，王敦本欲杀了他，但听说他和周访是亲戚时，就只是把他贬到广州为官了。

桓温三次北伐

陶侃平定了叛乱以后，东晋王朝暂时获得了安定的局面。这时候，北边却乱了起来。石勒建立的后赵因为石勒的死，内部发生了争夺皇位的大乱，曾经不可一世的后赵就这样土崩瓦解了。后赵大将汉族人冉闵 (mǐn) 自立为帝，建立魏国；鲜卑贵族慕容氏乘机南侵建立前燕；氐 (dī) 族贵族苻健也乘机占领了关中，建立了前秦。

此时，北方连年混战，给了东晋朝廷一个最好的收复失地的时机。桓温刚刚在 346 年伐蜀战中取得大胜，灭掉了李特建立的成汉国，威望正隆。为了进一步巩固自己的权力地位，桓温上表朝廷，主张北伐。当时的东晋皇帝是晋穆帝，他只是一个不满 10 岁的小孩，由他母亲褚太后替他执政。褚太后怕桓温的势力太大了，将来对朝廷不利，就没有批准桓温率兵北伐的提议。而是另派了一个叫殷浩的带兵北伐。殷浩是个只有虚名、而没有军事才能的文人。他出兵到洛阳，因为先锋姚襄倒戈，而被羌族人打得大败，死伤了一万多人马，连粮草武器也丢光了。桓温借此机会夺了殷浩之权，总领东晋军国大事。于是，他再次上书朝廷，要求率兵北伐。晋穆帝没办法，只好封桓温为征西将军，同意桓温带兵北伐。

354 年，已经集内外大权于一身的征西将军桓温从自己的驻所江陵出发，统率晋军 4 万，分水陆三路进攻前秦国都长安。前秦皇帝苻健派了 5 万军队，由自己的太子苻苌和弟弟苻雄带领，在峣 (yáo) 柳抵抗晋军。桓温亲自上阵督军，一仗下来，前秦军败得不成样子。接着桓温的弟弟桓冲又在白鹿原击败了苻雄的军队。前秦军在连续吃了败仗之后士气大大受挫，苻健只得带了 6000

名老弱残兵退入长安,坚守城池。桓温转战前进,最后屯兵灞上。关中一带的郡县尽皆来降,男女老少夹道欢迎晋军的姿态,就跟见了亲人似的。

这个时候距离西晋灭亡不到40年,当年饱尝亡国之苦的关中百姓里年轻一些的还在世,于是才有耄耋(mào dié)老人含着泪说:"想不到今天还能见到官军啊!"桓温驻兵灞上后,没有利用士气高涨的机会一鼓作气消灭前秦。他怕与前秦死拼,一旦失利,就会落得与殷浩一样的结果。而且他北伐的主要目的也是为了赢得威望和权利,从而控制东晋朝廷。他想等关中麦子熟了的时候,派兵士抢先收麦子,补充军粮。也断绝前秦苻健的粮草供应,以达到不战

而屈人之兵的目的。可是苻健也厉害，他料到桓温的打算，就把没有成熟的麦子全部割光，叫桓温收不到一粒麦子。桓温的军粮断了，呆不下去，只好退兵回来。

第一次北伐虽然以失败告终，但毕竟是打了几个大胜仗，晋穆帝还是嘉奖了桓温，把他提升为征讨大都督。356年，桓温见北方又现乱局，于是再次率兵进行北伐，并一举攻克洛阳。之后桓温上书朝廷，要求朝廷还都洛阳，以达到他进一步控制朝廷的企图，结果被拒绝，桓温一气之下率兵返回南方。不久后，洛阳就被前燕夺得。前两次北伐虽然都没有取得成功，但却为桓温赢得了足够的政治资本，他的势力也越来越大，在东晋朝廷中有着说一不二的威望，比皇帝还要厉害。于是在369年，桓温发动了第三次北伐，讨伐前燕。他希望通过这次北伐能够让皇帝让位与他。但是让他没有想到的是，这次北伐他却打了一个大大的败仗，在前燕慕容垂神出鬼没的骑兵攻击下，桓温的4万精锐遭到惨败，只逃回来六七千人。至此桓温信心尽失，变得好猜忌和刚愎自用，一心想着如何谋朝篡位。有一次，他自言自语地说："男子汉如果不能流芳百世，也应当遗臭万年。"

过了两年，晋简文帝病重，留下遗诏，由太子司马曜继承皇位。这就是晋孝武帝。桓温本来以为简文帝会把皇位让给他，听到这个消息十分失望，就带兵进了建康。但他看到建康的士族中反对他的势力还不小，不敢轻易动手。不久，就病死了。

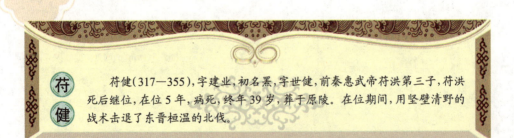
苻健 苻健(317—355)，字建业，初名罴，字世健，前秦惠武帝苻洪第三子，苻洪死后继位，在位5年，病死，终年39岁，葬于原陵。在位期间，用坚壁清野的战术击退了东晋桓温的北伐。

王猛扪虱谈天下

在桓温第一北伐的时候,他不仅错过了灭掉前秦的机会,也错过了招揽将来名传天下的王猛的机会。

325年,王猛出生于寒门,由于正处于西晋灭亡、中原大地战乱频仍之际,幼时即随家人颠沛流离。因为家贫,年纪不大便以贩卖畚箕(běn jī)为业,南来北往,尝尽生活艰辛。但王猛却一直注重学习,广泛汲取各种知识,尤其对兵书特别喜爱,《孙子》十三篇都曾仔细研读,反复体会。成年后的王猛富有才智,雄姿英发,为人庄重严谨,刚毅深沉,气度恢宏,不屑于琐细之事,一直冷静观察风云变幻。为寻找实现抱负的机会,王猛曾经出游后赵国都邺城,可惜无人认识这位学富五车、满腹经纶的奇人,唯独一个"有知人之鉴"的徐统"见而奇之"。徐统在后赵时官至侍中,召请王猛为功曹。王猛认为徐统对自己的认识有限,在邺城恐怕没有机会实现经世济民的抱负,于是遁而不应,隐居华阴山。他要寻找一位值得辅佐的君主,以充分施展才智。

354年,东晋大将军桓温北伐,击败苻健,驻军灞上,关中父老争相携牛带酒犒劳军士,男男女女的百姓夹道欢迎。王猛听到这个消息,身穿麻布短衣,前往大营求见。想看看桓温是否为可以成就大业之人。桓温正想招揽人才,很高兴地接见了他,请王猛谈谈当今天下形势。王猛把南北双方的政治、军事形势分析得十分精辟,一面谈,一面把手伸进衣襟里摸虱子,左右的兵士差点笑出声来,王猛却旁若无人,照样跟桓温谈得起劲。桓温见此情景,心中暗暗称奇,脱口问道:"我奉天子之命,统率10万精兵仗义讨伐逆贼,为百姓除害,而关中豪杰却无人到我这里来效劳,这是什么缘故呢?"

王猛直言不讳地回答:"您不远千里深入寇境,长安城近在咫尺,而您却不渡过灞水去把它拿下,大家摸不透您的心思,所以不来。"

王猛这一番话正说中了桓温的心事。原来桓温北伐,主要是想在东晋朝廷树立他的威信,制服他在政治上的对手。他驻军灞上,不急于攻下长安,正是想保存他的实力。于是越发认识到面前这位扪虱寒士非同凡响。桓温由衷地说道:"江东没有一个人能比得上您的才干啊!"桓温从关中退兵时,赐给王猛华车良马,又授予他很高的官职,欲请王猛南下。王猛知道东晋王朝内部矛盾重重,自己在士族盘踞的东晋朝廷里很难有所作为,于是他拒绝邀请,继续隐居华阴山。

但是这样一来,这个"扪虱谈天下"的读书人却出了名。

桓温退走的第二年,苻健去世。继位的苻生残忍酷虐,又不勤于政务,以致农桑俱废,举国人心惶惶。这激起了苻健之侄苻坚的愤怒。苻坚是当时杰

出的政治家,他倾慕汉族的先进文化,少时即拜汉人学者为师,是氐族贵胄中罕有其匹的佼佼者。而且立下了经世济民、统一天下的大志。当他向尚书吕婆楼请教除去苻生之计时,吕婆楼力荐王猛。苻坚以前久闻王猛大名,于是立即派吕婆楼专程召请。苻坚与王猛一见面便如平生知交,谈及兴废大事,句句投机,苻坚觉得就像刘备当年遇到诸葛亮似的,如鱼得水。王猛也发现,自己等待了许多年,终于等到了一位可以辅佐的君主;于是王猛留在苻坚身边,从此以后竭忠尽智,出谋划策;苻坚则对王猛推心置腹。357年,苻坚一举诛灭苻生及其帮凶,自立为大秦天王,改元永兴,以王猛为中书侍郎,执掌军国机密。得遇英主,王猛施展才能的机会终于来临。

那时候,王猛才36岁,年纪轻轻,又是汉族人。前秦的氐族老臣见到苻坚这样信任王猛,都不服气。有个氐族大臣叫樊世的,最是看不起王猛。有一次遇到了王猛,很生气地骂他:"我们耕种好土地,你倒来吃白饭。"王猛看在他是老臣的面子上没加理会。隔了几天,樊世和王猛在苻坚面前又争论起来,樊世当着苻坚的面,要想打王猛。苻坚觉得樊世闹得不像话,就把他办了死罪。从此以后,氐族官员再不敢在苻坚面前说王猛的坏话了。

375年,王猛得了重病,他知道自己将要不久于人世,就趁着苻坚去探望他,恳切地对苻坚说:"东晋虽然远在江南,但是它继承晋朝正统,而且现在朝廷内部相安无事。我死之后,陛下千万不要去进攻晋国。我们的敌手是鲜卑人和羌人,留着他们总是后患。一定要把他们除掉,才能保障秦国的安全。"

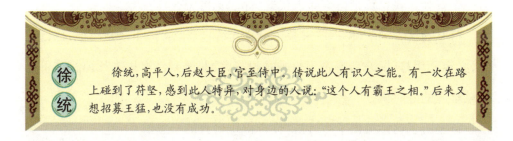

徐统,高平人,后赵大臣,官至侍中。传说此人有识人之能。有一次在路上碰到了苻坚,感到此人特异,对身边的人说:"这个人有霸王之相。"后来又想招募王猛,也没有成功。

一意孤行的苻坚

王猛死后，苻坚听从他的建议，把北方的一些小国都消灭了，统一了北方。这时，只有偏安一隅的东晋尚未征服。苻坚每想到这里，心里就非常地不舒服，他决心一定要消灭东晋，统一天下。在这个时候，苻坚忘记了王猛临死前留给他的遗嘱，天下一统是一个巨大的诱惑，苻坚实在抗拒不了。

在王猛死后的第三年，也就是 378 年，苻坚派他的儿子苻丕和慕容垂、姚苌等率领 17 万军队，分兵四路进攻东晋的襄阳。守襄阳的东晋将领朱序坚决抵抗。前秦士兵花了将近一年时间，才把襄阳攻了下来。襄阳城破后，东晋守将朱序被俘，苻丕把朱序送到了长安。苻坚认为朱序能够为晋国坚守襄阳，是个有气节的忠臣，就把他收在秦国做官。这个朱序却没有死心归顺，反而充当了一个高级间谍的角色，在后来的淝水之战中起了很大的作用。

次年，苻坚又派兵十几万从襄阳向东进攻淮南。东晋守将谢石、谢玄率领水陆两路进攻，前秦军队被击败，退出了淮南。382 年，苻坚决定结束这种恼人局面，一举消灭东晋。

这一年 10 月，苻坚在皇宫里的太极殿召集大臣商量。苻坚说："我继承王位到现在已快 30 年。咱们已经把四方差不多都平定了，现在只剩下东南方还有一个晋朝。我打算亲自率兵去伐晋，你们觉得怎么样？"

苻坚的话音刚落，秘书监朱肜(róng)就站起来说："陛下亲自出征，执行天意，必定不用打仗，东晋皇帝不是乖乖投降，便是逃到江海里去死掉。这可是千载难逢的好时机。"

苻坚听了这话笑出了声，说："你说得正合我的心意。"

左仆射权翼却不同意伐晋,慷慨激昂地说:"现在东晋虽然衰弱,但还没有重大的罪恶,君臣和睦,内外同心。谢安、桓冲都是江南的英雄豪杰。以我之见,还不可对东晋用兵。"

权翼的话说完后,太极殿内突然静了下来。苻坚见大家都不说话,便说:"各位有什么话尽管说出来。"

太子左卫率石越情绪激动地说:"东晋自恃有长江天险保护,始终不肯向陛下称臣,实在太可恶了。陛下亲率六师,问罪衡越,的确非常英明。但是,东晋皇帝现在还得人心,国内也比较团结,又有长江天险,恕我直言,东晋实在是不可伐的。希望陛下养兵积谷,等待时机再出兵伐晋。"

苻坚听了石越的话很不以为然,说:"周武王伐纣的时候,都说星座不利于周,但武王照样取得了胜利。吴王夫差虽然有江湖之固,仍被越王勾践消灭,孙皓虽有长江之险,还不是被俘了吗?如今我有如此众多的士卒,如果像鞭子一样扔进长江里足以堵住江水东流,长江之险有什么可怕!"

石越也不客气,反驳苻坚说:"纣、夫差和孙皓之所以会被消灭,完全由于

他们的无道、昏暴，最后成了孤家寡人，所以容易收拾。现在晋帝还不到那种程度，所以希望陛下养兵积谷，等待时机，再出兵灭晋。"石越说完，太极殿内的空气顿时活跃起来，大家七嘴八舌，议论纷纷，有赞成石越的，也有反对的，但是持反对意见的占了绝大多数。最后，苻坚很不耐烦地说："如此争论下去，永远也不会成功，是否出兵，我自有主张。"

大臣们退出太极殿后，苻坚把苻融留下单独商议。苻坚说："自古以来决定大事只有一二个人就行了。大臣们只会扰乱人心，我想和你商量决定。"

苻融虽然在殿上讨论时一直没有说话，其实也不赞成伐晋。这时便说："如今伐晋有三大困难：第一，从星座位置来看，天意不顺；第二，东晋没有挑衅，出师无名；第三，我军连年征战，厌倦打仗，民心也向着敌人。大臣们都劝你不要出兵，都是出于一片忠心，希望陛下能采纳他们的意见。"

苻坚没料到苻融也会反对他，马上沉下脸来，说："连你也会说出这种丧气的话来，真叫人失望。我有精兵百万，兵器、粮草堆积如山，要打下晋国这样的残余敌人，哪有不胜的道理。"苻融看见有苻坚这样一意孤行，他苦苦劝告苻坚说："现在要打晋国，不但没有必胜的希望，而且京城里还有许许多多鲜卑人、羌人、羯人。陛下难道忘记王猛宰相临终前讲的一番话吗！"

苻坚脸色已变得很难看，气呼呼地说："没想到你也这样，真使我失望！我有强兵百万，资仗如山。我虽算不上是天才，也不是无能之辈，讨伐一个行将灭亡的国家，岂有不胜之理？怎么可能留着它让子孙后代不得太平呢？"

于是，383年7月，苻坚下令大举伐晋。

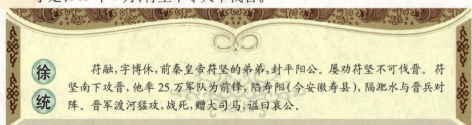

徐统　苻融，字博休，前秦皇帝苻坚的弟弟，封平阳公。屡劝苻坚不可伐晋。苻坚南下攻晋，他率25万军队为前锋，陷寿阳(今安徽寿县)，隔淝水与晋兵对阵。晋军渡河猛攻，战死，赠大司马，谥曰哀公。

谢安东山再起

在苻坚信誓旦旦地准备讨伐东晋的时候，东晋却在一代名相谢安的治理下逐步稳定富强了起来，不再是苻坚眼中那个行将灭亡的东晋了。

谢安，字安石，陈郡阳夏人。他出身名门大族，自幼聪明好学，但年轻时以山水文籍自娱，无出仕之心。他和著名的书法家王羲之是好朋友。每天除了跟一众名士一起谈文论诗，畅谈玄理之外，还经常与他们一道游赏山水，借以自娱。王羲之的著名代表作《兰亭集序》就是于353年农历三月三日与这班朋友雅会兰亭时所作，当时谢安也有吟诗作文，以尽雅兴。

扬州刺史庾(yǔ)冰仰慕谢安的名声，几次三番地命郡县官吏催逼，谢安不得已，勉强赴召。但仅隔一个多月，他就辞职回到了会稽。后来，朝廷也曾多次征召，谢安仍然予以回绝，由此激起了一些大臣的不满，接连上疏指责谢安，朝廷因此作出了对谢安禁锢终身的决定。然而谢安却不屑一顾，泰然处之。

但是他的才干在当时是人所共知的，当时的士大夫中流传着一句话："谢安不出来做官，叫百姓怎么办？"他的妻子刘氏是名士刘惔(dàn)的妹妹，眼看谢氏家族中的谢尚、谢奕、谢万等人一个个都位高权重，只有谢安隐退不出，曾对谢安说："夫君难道不应当像他们一样吗？"

谢安听罢，手掩口鼻答道："只怕难免吧。"

果然，到了40多岁的时候，谢安因为弟弟被罢官，他考虑到谢家的权势要逐渐衰亡，这才应大将军桓温之邀，作了桓温的司马。因为谢安长期隐居在东山，所以后来把他重新出来做官这样的事称为"东山再起"。

当时的东晋王朝因为桓温的独揽朝政而处于风雨飘摇之中。简文帝去世

之后,谢安等朝臣乘桓温不在京都之机,立皇太子司马曜为皇帝,并请桓温辅政。桓温见不让自己做皇帝,十分恼火,认为是谢安等人从中作祟,恼羞成怒,于373年2月亲率大军,杀气腾腾地返回京都。桓温先将大军驻扎在城外,晋帝无奈命王坦之和谢安前往城外迎接。

当时,京城内人心惶惶,王坦之非常害怕,问谢安怎么办。谢安神情坦然地说:"大晋朝的命运,就看我们了。"王坦之硬着头皮与谢安一起出城来到桓温营帐,紧张得汗流浃背,把衣衫都沾湿了,手中的朝板也拿颠倒了。因为王坦之、谢安两人早已听说桓温事前在营帐的背后埋伏一批武士,想杀掉他们。

谢安却从容不迫地就座,然后神色自若地对桓温说:"我听说自古以来,讲道义的大将,总是把兵马放在边境去防备外兵入侵。而大司马你入朝,召见大

臣,在帐后布置人马,不知为了何故?"

谢安的镇定自若镇住了桓温,他赶紧令人撤走武士,并赔笑说:"我这样做也是迫不得已啊!"于是,谢安与桓温谈天说地,欢度一天,东晋王朝的政变危机才算幸免。

桓温死后,内部日益安定,前秦又成为东晋的最大忧患。383年,符坚率领着百万大军南下,志在吞并东晋,统一天下。军情危急,建康一片惊恐。谢安依然是那样镇定自若,以征讨大都督的身份负责军事,并派了谢石、谢玄、谢琰(yǎn)和桓伊等人率兵八万前去抵御。

桓冲担心建康的安危,派精锐军队3000前来协助保卫京师,被谢安拒绝了。谢玄心中忐忑,临行前向谢安询问对策,他只回答了一句:"我已经安排好了。"便绝口不谈军事。谢玄心中还是没底,又让张玄去打听。谢安仍然闭口不谈军事,却拖着他下围棋。张玄的棋艺本来远在谢安之上,但此时前秦的兵马已经打到了东晋的边境,张玄沉不住气,谢安则神气安然,结果张玄输在谢安的手里。

当晋军在淝水之战中大败前秦的捷报送到时,谢安正在与客人下棋。他看完捷报,便放在座位旁,不动声色地继续下棋。客人憋不住问他,谢安淡淡地说:"没什么,孩子们已经打败敌人了。"直到下完了棋,客人告辞以后,谢安才抑制不住心头的喜悦,舞跃入室,把木屐底上的屐齿都碰断了。

王坦之

王坦之(330—375),字文度,祖籍太原晋阳(今山西省太原市),东晋大臣。简文帝去世后,与谢安一道保住了晋室社稷。临终给谢安、桓冲写信,言不及私,唯忧国事。

扫码查看
☑ 中华故事
☑ 典故趣闻
☑ 能力测评
☑ 学习工具

淝水之战

383 年 7 月，苻坚下令大举伐晋。他让苻融带着 25 万人为前锋，又派一支水军从蜀地沿江东下，他自己带着几十万步兵、骑兵为主力，浩浩荡荡地往南进发了。

消息传到东晋，很多人给吓傻了。可是谢安倒沉得住气。他先让淮河北边的老百姓赶快迁到淮河南边来，免得被前秦军抓了壮丁，抢了粮食。接着，他派谢石为大都督，负责全线指挥；谢玄为前锋，带着 8 万人马到淮河去迎战。

一开始，前秦军占了上风，很快渡过淮河，占了寿阳。当苻融正向硖石进攻时，从俘虏口中了解到防守在硖石的胡彬所部的军粮已经不多，急忙派人到项城对苻坚说："晋军人数很少，而且物资也不足，应该能够很快胜利，望你火速赶来。"苻坚一听，心中顿时产生了迅速歼敌的意念，于是把大军留在项城，只带着 8000 名骑兵昼夜兼程地赶到了寿阳。他到了寿阳，跟苻融一商量，认为晋军已经不堪一击，就派朱序做为使者到晋军大营去劝降。

朱序被俘以后，虽然被苻坚收用，在前秦国当个尚书，但是心里还是向着晋朝。他到晋营见了谢石、谢玄，像见了亲人一样高兴，不但没按照苻坚的嘱咐劝降，反而向谢石提供了秦军的情报。

他说："这次苻坚发动了百万人马攻打晋国，如果全部人马一集中，恐怕晋军没法抵挡。现在趁他们人马还没到齐的时候，你们赶快发起进攻，打败他们的前锋，挫伤他们的士气，就可以击溃秦军了。"

谢石、谢玄完全同意朱序的说法。他们派大将刘牢之率领 5000 北府精兵，去袭击洛涧的敌军。刘牢之和他手下的将士，大部分是从北方逃来的农民子弟，早就想打回老家去了。这会儿接到命令，都赶紧集合好，趁着天黑，渡过洛涧，朝秦军的营房打过去。前秦军还在做梦呐！被晋军冷不丁地打进来，没法抵抗，死伤了 1 万多人，剩下的急忙往寿阳撤退。洛涧大捷，大大鼓舞了晋军的士气。谢石、谢玄一面命令刘牢之继续援救硖石，一面亲自指挥大军，乘胜前进，直到淝水东岸，把人马驻扎在八公山边，和驻扎寿阳的秦军隔岸对峙。

苻坚听说前锋吃了败仗，吓了一大跳。他本来以为派朱序到晋军去劝降，谢石他们准得愿意。没想到朱序回来说，谢石不但不投降，还说非要打败前秦军不可。苻坚听了就有点儿纳闷。这会儿人家真打了个胜仗，他更不敢大意了。苻坚赶到寿阳，和苻融一起登上城楼，朝淝水南岸的晋军望过去，不由得倒抽了一口凉气。晋军布阵十分严整，井井有条，密密麻麻地连成一片。再往后看，有座八公山。山上长着很多树木花草，让风一吹，摇摇晃晃的。苻坚猛地一看，把这些草木都当成是晋军的将士了。他打了一个哆嗦，对苻融说："哎呀！晋军的力量可真不小，谁说他们人少哇！"

打那以后，苻坚命令前秦兵严密防守。晋军没能渡过淝水，谢石、谢玄十分着急。如果拖延下去，只怕各路前秦军到齐，对晋军不利。

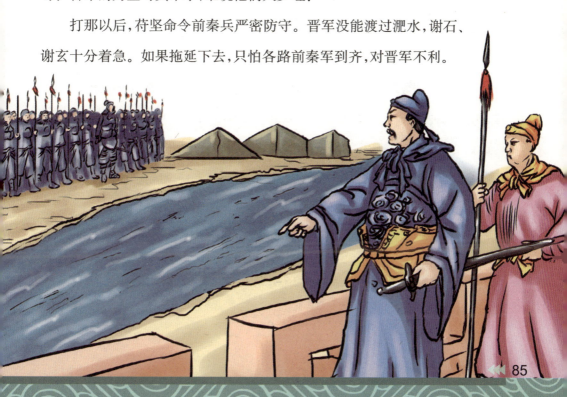

隔了几天，谢玄派人给符坚送去一封信，说："你们带了大军深入晋国的阵地，是想速战速决的吧，现在却在淝水边摆下阵势，按兵不动，这难道是又想打持久战了？如果你们能把阵地稍稍往后撤一点，腾出一块地方，让我军渡过淝水，我们再决一死战，这样不是更好吗？"

前秦军的将领们都不同意，对符坚说："咱们人多，他们人少，不如坚守阵地，让晋军打不过来，才最有把握取胜。"

符坚想了想说："没关系。咱们稍微退一点儿，等他们渡到淝水当中，我们再收拾他们，这样不是更好吗？"众将这才没有话说了。

符坚万万没想到，后退的命令一下，就乱了套了！前秦军的士兵组成本来就很复杂，各有各的想法：有的是临时抓来的，根本不想打仗；汉人的士兵，更不愿意跟晋军打；鲜卑人的士兵，又不愿意替氐族人卖命。所以一接到命令，大伙儿"呼啦"一下子，撒腿就往回跑。朱序趁这个机会，骑上马混在退兵里头，一边跑一边喊："秦军败了！秦军败了！"士兵们一听，跑得更急了。

符融气急败坏地挥舞着剑，想压住阵脚，但士兵像潮水般地往后涌来，哪里压得住。一群乱兵冲来，把符融的战马冲倒了。符融挣扎着想起来，晋兵已经从后面赶上来，把他一刀砍了。主将一死，前秦兵更是像脱了缰绳的惊马一样，四处乱奔。那些逃脱的兵士，一路上听到风声和空中的鹤鸣声，也当作东晋追兵的喊杀声，吓得不敢停下来。

至此，以少胜多的战例"淝水之战"，以东晋的大获全胜而告终。

朱序，字次伦，义阳(今河南信阳南)人，东晋大将。在378年襄阳城破时，被前秦俘房。后成为前秦官员。在淝水之战中，他的通风报信与形势分析起到了重要作用，否则东晋不会取得如此大胜。

法显西游

经过淝水之战的大败后，前秦就逐渐衰落了，刚刚统一起来的北方又分裂为很多个小国。其中就有原苻坚的部将姚苌建立的后秦。姚苌死了以后，他儿子姚兴即位。姚兴在位的 20 多年里采取了一系列的措施，使后秦慢慢地强盛起来，又成了北方的强国。

姚兴信佛，对建寺院及学佛经这些事特别热心。长安的和尚，那时候就有 5000 多人，寺庙到处都见得着。信佛的人也越来越多。当时有个姓龚的人家，夫妻俩都信佛。本来这对夫妇有 4 个孩子，但前 3 个孩子在很小的时候就夭折了，为了不让第四个孩子也夭折，于是在这个孩子刚刚 3 岁的时候，就把他度为沙弥。这个小沙弥后来成为了中国佛教史上的一位名僧，中国第一位到海外取经求法的大师，他就是法显。

法显因为当时年纪尚小，暂时养在家中，谁知住了几年，病重要死，家人赶忙送他回寺院。结果，回去没多久，病就好了，自此就不肯回家。10 岁时，父亲去世。他的叔父考虑到他的母亲寡居难以生活，便要他还俗。法显这时对佛教的信仰已非常虔诚，他对叔父说："我本不是因有父亲才出家，只不过想远离尘俗，才皈依佛法。"叔父认为他说的有理，便由他去了。数月后，母亲去世，法显丧事一处理完，就立即回了寺院。

法显 65 岁的时候，已经在佛教界度过了 62 个春秋。他学习了 60 多年的佛法，已经成为了一个很有学问的老和尚。可是他对佛经上的话，还是不全懂；向别人求教，别人也答不出来。因为当时有些经文还没传到中国来。有的虽然传来了，可只有梵文本的，没翻译成汉文。这使法显深切地感到，佛经的翻译赶不上佛教发展的需要。

他对同伴慧景说起了这件事。慧景说："要不咱们到天竺去一趟吧，到了那里，既能读到真经，又能瞻仰圣地，有多好哇！"

法显高兴地说："我早就有这个心思，咱俩就一块儿走吧！到了天竺，我们学好梵文，就能照直读原文，改正旧经文里翻译错了的地方了。"

法显他们要去天竺的事一传开，有人就找到法显，对他说："到天竺去可不是件容易的事！路上有大山，有沙漠，一路荒无人烟，可危险啦！您都65岁了，可别去冒这个险了。"法显说："我的年纪是大了，可是能在死以前看看圣地，是我最大的心愿，路再难走我也不怕。"

就这样，在399年，法显、慧景和另外3个和尚从长安出发，向西进发，开始了漫长而艰苦卓绝的旅行。第二年夏天，在张掖国他们与另一批西行僧人相遇，于是结伴西行，开始穿越流沙大漠。沙漠里既没有飞鸟又没有走兽，四顾茫茫，无法辨识方向，法显一行只有看太阳来辨认东西，凭着路边死人的枯骨做路标。他们历经艰险困苦，走了一个多月才穿过了这片大沙漠。穿过沙漠后，便进入了葱岭。山上积雪常年不化，悬崖峭壁高耸入云。过去曾有人凿石通路，修凿了700多阶梯道，多少带来了便利。一路上翻山越岭，遇有大河，便抓着悬挂在河两岸的绳索横空而过，一路上险途数不胜数。

在翻越雪山时，又遇上寒流风暴，慧景冻得浑身僵硬，打着寒颤对法显说："我要死了，你们继续前进，不要都葬身于此。"说完便合上了眼睛。

法显抚摸着慧景的遗体，悲伤地哭泣："还没到达目的地，你就先去了，这也是命啊！"法显很快地站了起来，继续前进。在经历了无数艰难险阻，走过了30多个国家后，他们终于到达了天竺。这时，法显疲乏的脸上也露出了笑容。

法显访问了天竺的寺庙，结交了许多朋友，还认真地学了梵文，抄写了经卷。后来，法显又沿着恒河南下，渡海到了狮子国。一转眼过了12年，法显77岁了。同来的和尚，有的死了，有的就打算留在天竺国不走了。法显心里也很犹豫。有一天，他在佛像前看见一把白绢做的扇子，不知是谁拿来供佛的。法显拿起来仔细一瞧，眼泪就忍不住"唰唰"地流了出来。原来这白绢扇是中国造的。他在那么远的外国看到自己国家的东西，真是高兴极了，心想："我虽然这么老了，可是还得要回去，要把在这儿学到的东西带回去！"

411年秋，法显终于搭上一条从罗马返回中国的大商船。在一路上又经历颇多的艰险之后，法显终于带着他求取来的佛经与佛像回到了中国。当时船上已经是水尽粮竭，只好随风漂流。几天后才漂到岸边，他们登岸一打听，才知是中国青州长广郡崂山南岸。

法显在城中住了一阵，便想回京城，刺史留他过冬，他说："贫僧冒险到万难返回之地，只为了弘扬大法，现在志愿未伸，不能久留。"便南下进了都城建康。

79岁的法显到了建康，把带回来的梵文佛经，翻译成汉文，还把自己这些年的经历写成了一本书，取名叫《佛国记》。

狮子国，今斯里兰卡的古称。斯里兰卡，全称斯里兰卡民主社会主义共和国，旧称锡兰，是个热带岛国，形如印度半岛的一滴眼泪，镶嵌在广阔的印度洋海面上。被马可波罗认为是最美丽的岛屿，因为它有美丽绝伦的海滨，神秘莫测的古城，丰富的自然遗产，以及独特迷人的文化。

拓跋珪建魏

淝水之战之后，由于前秦战败，实力大减，再加上原前秦猛将慕容垂和姚苌自立，建立后燕和后秦，使前秦进一步瓦解。在这种形势下，以前被苻坚征服的各族纷纷独立，建立自己的王国。鲜卑人拓跋部也借此机会恢复了独立。386年，拓跋珪集合拓跋部族人，在牛川召开部落大会，重建代国，并继承王位。同年4月，改国号为魏，自称魏王。这也就是历史上的北魏。

拓跋珪是原先被前秦苻坚所灭的代国国王拓跋什翼犍的孙子，当年亡国的时候，他只有6岁。苻坚征服代国以后，就将代国的土地和人口交给刘库仁和刘卫辰这两个匈奴部落的首领来管理。拓跋珪的母亲贺氏带着儿子投靠了刘库仁，因为他是拓跋什翼犍的外甥，而且原来也是代国的南部大人。刘库仁比较念旧情，对拓跋珪母子都非常好。不过后来，他被部下杀害，他的地盘和军队由刘显继承了过去。刘显知道拓跋珪的身份，就想杀掉他免得以后麻烦。不承想事先被拓跋珪母子得到了消息，逃往贺兰部投靠了舅父贺讷。在贺兰部的时候，拓跋珪一点点地收拢忠诚于他爷爷拓跋什翼犍的族人，实力一点点强大起来。

拓跋珪先是击败了刘卫辰的部落，取得了鲜卑族拓跋部的领导地位，然后通过征服高车族使他的实力进一步大增，获得了大量的牛羊马匹和一支能征善战的队伍。这时，拓跋珪开始考虑复国。386年，在他即将召开部落大会的时候，刘显派兵护送拓跋什翼犍的小儿子窟咄归来，与拓跋珪争夺王位。拓跋部原本就有"立少子"的习俗，窟咄的归来，对拓跋珪构成很大的威胁。各个原先支持他的部落也都有动摇，甚至有人想阴谋把拓跋珪抓起来以响应窟咄。

拓跋珪见形势不妙，立刻派人向后燕的慕容垂求救，答应复国后成为后燕的附庸国。于是慕容垂派慕容麟领兵救援拓跋珪，大败窟咄，使拓跋珪顺利复国。

拓跋珪复国以后，通过对周边部落的征战使他们纷纷臣服于魏，而且通过战争，北魏获得了大量的物资，国力进一步强大了起来，开始引起后燕的警惕。后来，后燕在讨伐西燕的时候，西燕国主慕容永在都城被围之际，一面向晋朝求援，一面向当时还是后燕附庸国的北魏乞求救助。拓跋珪也知道唇亡齿寒的道理，犹豫之下还是派兵去救援西燕。结果北魏军队没有赶到地方，慕容永的西燕就被灭亡了。拓跋珪赶紧命令北魏的军队返回。为了缓和与后燕的局势讨好慕容垂，拓跋珪不得不派人给后燕进贡，结果后燕的人听说北魏多良马，就扣下使者当人质，要求北魏进献良马。拓跋珪气不过，严词拒绝了，从此两国关系变得非常紧张，经常在两国边境发生冲突。

395年，后燕慕容垂派太子慕容宝、辽西王慕容农、赵王慕容麟率8万精兵讨伐北魏。北魏长史张衮(yǎn)听说后燕的大军将要到来，向拓跋珪献计说："后燕被以前的胜利冲昏了头脑，这次动员全国的人力物力来攻打我们，有轻视我们的想法。我们应该假装疲惫衰弱，让他们更加骄傲，这样就可以打败他们了。"拓跋珪听从了他的计策，迁移部落的人口、牲畜和财产，渡过黄河，向西走了1000多里去躲避。后燕军队到达五原，收降了北魏其他部落的百姓3万多家，收割杂粮100多万斛，却见不到拓跋珪的主力。于是，慕容宝下令把大军开到黄河岸边，打造渡河的船只，准备渡河追击拓跋珪。

慕容宝从后燕国都出发的时候，慕容垂已经患病。等他们到了五原，拓跋珪派人埋伏在他们的身后，等后燕的使者经过，就把他们全都抓住，所以慕容宝等人几个月都没有得到慕容垂的消息。之后，拓跋珪把俘虏的后燕信使者带到河边，让他隔着黄河告诉慕容宝："你父亲已经死了，为什么还不早点回去？"慕容宝等人担心害怕，士兵也恐慌不安。

等到 10 月的时候，慕容宝他们还是没有接到任何消息，慕容宝心中未免有点怀疑，就想早点回去看看。加上当初出发的时候还是夏天，士兵们穿的都是单衣，现在北方已经开始冷起来了，士兵们很不习惯。于是，后燕军队焚烧了自己的战船，趁着夜色撤退了。

这时黄河上还没有结冰，慕容宝以为北魏的军队一定无法渡过黄河追击，所以就没有安排侦察。结果他们刚刚撤走不几日，北方忽然出现霜冻天气，黄河很快就结上了厚厚的冰。拓跋珪率领 2 万名精锐骑兵，渡过黄河，急速追赶后燕军队。

北魏军队昼夜兼程，追到了参合陂的时候，终于赶上。此时的后燕军队还不知道后面来了追兵，拓跋珪当机立断，让军队稍事休息，恢复些体力后，马上进攻。当北魏军冲到后燕军队面前的时候，后燕士兵大惊失色，一片混乱。拓跋珪乘机指挥士兵进攻，后燕士兵逃进河里，人仰马翻，压死和淹死的有几万人。只有慕容宝等人骑马逃走。第二年，慕容垂带病率军讨伐北魏，路过参合陂时，见到尸骸堆积如山，于是为死难将士设立供桌，进行祭奠。军士们都大声痛哭，哭声震动山谷。慕容垂既惭愧，又愤怒，吐了血，结果病情加重，不久就死了。拓跋珪乘机南下反攻，夺取中山、邺等重要城镇，拥有黄河以北地区，成为北方的强大势力之一。之后，在 398 年，北魏迁都平城，拓跋珪称帝，即北魏道武帝。

鲜 卑 族

鲜卑，中国古代游牧民族。先世是商代东胡族的一支。秦汉时从大兴安岭一带南迁至西拉木伦河流域。曾归附东汉。匈奴西迁后占领其故地，留在漠北的匈奴 10 多万户均并入鲜卑，势力逐渐强盛。

魏太武帝统一北方

北魏拓跋珪称帝以后,经过悉心治理与南征北战,使北魏一步步地强大了起来。当北魏传到第三位皇帝太武帝拓跋焘手里的时候,已经是北方最强大的国家了,北方除大夏、北凉、北燕和柔然外,皆为北魏所占。此时,江南东晋已于420年为南朝刘宋所代替,所以423年太武帝拓跋焘即位以后就加紧了对北方其他国家和民族的征伐,希望早日统一北方,对抗南朝刘宋。

拓跋焘即位的时候只有16岁,朝中大臣难免对他会有轻视之心,就在他收拢人心,稳固统治的时候,北方的柔然人得知北魏明元帝去世而大举南侵。424年,柔然可汗纥升盖亲率6万骑兵侵入云中,攻陷盛乐宫。这是拓跋什翼犍时期的代国故都,也是拓跋珪复国之初的都城。北魏太武帝拓跋焘得到消息后非常愤怒,亲自率领轻骑前往救援,马不停蹄,疾驰三天两夜后从平城赶到了盛乐宫。纥升盖一见北魏皇帝亲自到来,仗着兵多势众,把太武帝团团围了五十多重,双方的马头都碰到了。而北魏太武帝并不惊慌,沉着应战,并在阵中射杀柔然大将于陟(zhì)斤。魏军将士见拓跋焘如此勇猛,心中的恐惧顿时消散,悍不畏死地冲向柔然大军,柔然可汗纥升盖见势不妙,掉转马头逃走了。通过这一战不仅打击了柔然实力,最主要的是树立了太武帝英明神勇的形象,从而使北魏朝廷团结一心为统一北方进行努力。

425年9月,夏国国主赫连勃勃暴死,这位赫连勃勃就是曾帮助前秦大帝苻坚灭掉拓跋什翼犍代国的刘卫辰的儿子,当年拓跋珪领导鲜卑拓跋部人独立复国的过程中,曾经与刘卫辰进行战争并将其杀死,刘卫辰唯一逃出来的一个儿子就是赫连勃勃,他逃出去后依附于后秦姚兴。后秦为刘裕攻灭后,赫连勃勃乘刘裕回朝时兴兵大败刘义真,然后建立夏国,自称大夏天王。

　　赫连勃勃死的消息传到北魏,太武帝拓跋焘马上召集群臣商议,看是否可以乘此机会灭掉夏国。魏国宗室勋贵们大多力主先伐柔然,然后再伐夏国。而当时官居太常卿的崔浩力主先打夏国,说:"柔然为游牧民族,遇到攻击就都作鸟兽散,出动大军的话不容易追上他们,如果只出动轻骑的话又不能消灭他们,所以应该先灭夏国。赫连氏政治残酷,刑罚严厉,人神共弃,应该先打。之后再集中优势兵力步步为营地进攻柔然。"太武帝接受崔浩的主张,亲领一军,渡黄河袭击统万城。这一次虽没有打破城池,但杀俘几万人,掳获牛马10多万,给夏国现任国主赫连昌以极大的震动。北魏大将奚斤率军又连克蒲阪(pú bǎn)、长安,收获很大。427年夏天,太武帝再次率军进攻统万城,他知道统万城坚固异常,难以攻下,就把主力埋伏在山谷中,只带一支小部队到城下,引夏军出战。赫连昌果然上当,率兵出击。这时正好下起了雨,风雨从统万城方向朝魏军吹来,拓跋焘的亲信太监赵倪劝道:"现在天不助人,风雨方向正和我军

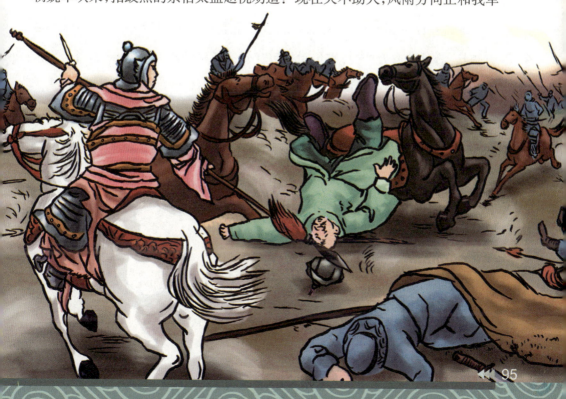

相逆,冲杀时看不清楚,将士又饥渴,不如陛下您来日再战。"崔浩一旁叱道:
"我军千里制胜,正是偷袭敌人的大好时机,怎能改变主意?"

拓跋焘大声说"好",就挥兵冲向敌人。混战中,拓跋焘身中流箭,战马重伤倒地,自己差点为夏兵俘虏。换马再战,拓跋焘亲手刺杀骑兵十余人,又杀夏国大将一名,终于彻底击溃夏军。赫连昌因追兵追得太紧,进不得统万城,即逃往上邽。太武帝追得太急,也跟着进了城里。夏军发现后,全城捉拿,他和随从化装成女人,翻城出去才得以脱险。这时统万城已经无人防守,魏军顺利攻占此城。夏国的王、公、大臣、将校、后妃、宫人都落到了魏军手里,并获得马30万匹,牛羊数千万头,珍宝无数。

没有了统万城的夏国,已经没有任何威胁,之后太武帝又攻下上邽,活捉赫连昌。然后,赫连昌的弟弟赫连定继承了夏国的王位,但也不过是在苟延残喘而已,431年,赫连定率人马渡黄河西迁之时,被吐谷浑所俘,后献给太武帝,被拓跋焘所杀,至此夏国灭亡。

北魏在俘获赫连昌后,对夏的战争已经基本结束。429年,拓跋焘亲率数万骑兵,渡过戈壁大沙漠,直指柔然可汗廷。柔然受此深重打击,力量大大削弱,自此开始走向衰落,再不敢主动侵扰魏境。

在解决了北方的后顾之忧后,北魏436年灭亡北燕,439年灭北凉。自西晋灭亡以后,北部中国纷纷扰扰了120余年,至此重新归于统一,南北朝对峙局面正式形成。

统 万 城

统万城,是东晋十六国时夏国的都城。故址在今陕西省靖边县境内,据史料记载,筑城的土都经过蒸熟。筑成后用铁锥刺土法检验其硬度,凡刺进一寸,便杀筑墙者;凡刺不进去便杀刺墙者。因此,此城筑成后牢不可破。

不为五斗米折腰

淝水之战，东晋虽然取得了胜利，但却没能把握这个机会收复北方，而是自身陷入了混乱之中。在这样一个混乱的年代却产生了一位著名的诗人、文学家——陶渊明。

陶渊明，字元亮，号五柳先生，谥号靖节先生，东晋灭亡后改名陶潜。东晋浔阳柴桑人。曾祖父陶侃，是东晋开国元勋，军功显著，但由于不是士族大地主，到了陶渊明一代，家境已经很贫寒了。陶渊明从小喜欢读书，不想求官，家里穷得常常揭不开锅，但他还是照样读书做诗，自得其乐。

陶宅正门的东侧大约10丈以外是一个有着数亩水面的大池塘，池塘旁边有一棵青松和五棵合抱的倒垂杨柳，前方则是一片平整的农田。陶渊明总爱在此闲坐，观赏景致，即兴赋诗，弹琴抒情。当时陶渊明有一好友名叫庞遵，字道之，也是浔阳一带颇为著名的文士。陶渊明与他志趣相投，因而常常互相往来，喝酒清谈，议论时事，探讨玄言哲理，弹丝品竹，赋诗作文。

后来，陶渊明越来越穷了，靠自己耕种田地，也养不活一家老少。亲戚朋友劝他出去谋一官半职，他没有办法只好答应了，就这样他在405年秋天，来到了一个叫彭泽的小县当县令。陶渊明来到彭泽任职，开始心里是很满意的，因为这里离家不远，只要从彭泽乘船，仅二天时间就可抵达。而且按照当时一条不成文的规定，每个县令可以拥有300亩公田收支的支配权，收入也归县令所有。因为陶渊明嗜酒如命，所以他就命令公田的劳役，要求把这300亩公田全都种上粟子，等成熟了收上来好酿酒。他的这个命令被陶夫人知道了，就劝阻陶渊明说："你除了喝酒就不要吃饭了吗？"

　　陶渊明听了,想了想说:"那这样吧,一半种水稻,一半种粟子,这总可以了吧?"陶夫人没有办法,也只好同意了。

　　在这一年的冬天,郡里派了一名督邮到彭泽视察。县里的小吏听到这个消息,连忙向陶渊明报告。陶渊明正在他的内室里捻着胡子吟诗,一听到来了督邮,十分扫兴,只好勉强放下诗卷,准备跟小吏一起去见督邮。

　　小吏一看他身上穿的还是便服,吃惊地说:"督邮来了,您该换上官服,束上带子去拜见才好,怎么能穿着便服去呢!"

　　陶渊明向来看不惯那些作威作福的督邮,一听小吏说还要穿起官服行拜见礼,更受不了这种屈辱。他叹了口气说:"我可不愿为了这五斗米官俸,去向那号小人打躬作揖!"

　　说着,他也不去见督邮,索性把身上的印绶解下来交给小吏,辞职不干了。总共在任时间81天。

　　陶渊明回到园田居,在那里开了个私塾,农忙之余,又做起了教书先生。相传,一天,有个少年前来向他求教,说:"陶先生,我十分敬佩您渊博的学识,很想知道你少年时读书的妙法,敬请传授,晚辈不胜感激。"

陶渊明听后，大笑道："天下哪有学习妙法？只有笨法，全靠下苦功夫学习！"陶渊明拉着他的手来到稻田旁，指着一根苗说："你蹲在这儿，仔细看看，告诉我它是否在长高？"那少年注视了很久，仍不见禾苗往上长，便站起来对陶渊明说："没见长啊！"

陶渊明反问道："真的没见长吗？那么，矮小的禾苗是怎样变得这么高的呢？"陶渊明见少年低头不语，便进一步引导说："其实，它时刻都在生长，只是我们肉眼看不到罢了。读书学习，也是一样的道理，知识是一点一滴积累的，有时连自己也不易觉察到，但只要勤学不辍，就会积少成多。"

接着，陶渊明又指着溪边的一块磨刀石问少年："那块磨刀石为何有像马鞍一样的凹面呢？"

"那是磨成这样的。"少年随口答道。"那它究竟是哪一天磨成这样的呢？"少年摇摇头表示不知道。

陶渊明说："这是我们大家天天在上面磨刀、磨镰，日积月累，年复一年，才成为这样的，学习也是如此。如果不坚持读书，每天都会有所亏欠啊！"

少年恍然大悟，连忙再向陶渊明行了个大礼说："多谢先生指教，学生再也不去求什么妙法了。请先生为我留几句话，我当时时刻刻记在心上。"

陶渊明欣然提笔，写道："勤学如春起之苗，不见其增，日有所长；辍学如磨刀之石，不见其损，日有所亏。"

陶 渊 明 的 著 作

陶渊明现存文章有辞赋3篇、韵文5篇、散文4篇，共计12篇。辞赋中的《闲情赋》是仿张衡《定情赋》和蔡邕《静情赋》而作，内容是对爱情的梦幻；《感士不遇赋》是仿董仲舒《士不遇赋》和司马迁《悲士不遇赋》而作，内容是抒发门阀制度下有志难骋的满腔愤懑；《归去来兮辞》是陶渊明辞官归隐，表明与上层统治阶级决裂，不与世俗同流合污的决心。

刘裕大摆却月阵

法显离开长安的那一年,也就是399年,东晋出了一件大事。朝廷在各地征兵,引起民怨沸腾。这时,有一个"五斗米道"的首领叫孙恩,趁机率领100多人起义,进攻会稽。江浙一带群众纷纷起来响应,没几天工夫,就有了几十万人。

这一事件引起了朝野震惊,朝廷赶紧派谢琰、刘牢之前往镇压。当时刘牢之的麾下有个叫刘裕的参军,他在讨伐孙恩的战斗中屡充先锋,每战必胜,其军事才略得到显露。刘裕不仅作战勇猛,披坚执锐,冲锋陷阵,且指挥有方,富有智谋,善于以少胜多。当时诸将纵兵暴掠,涂炭百姓,独有刘裕治军整肃,法纪严明。因讨乱有功,刘裕被封为建武将军,领下邳太守。

这时候,桓温的儿子桓玄占据着长江中游的地盘,势力也不小。他看见东晋朝廷腐败不堪,就趁着朝廷的军队和孙恩打仗的机会,起兵反晋,攻破东晋都城建康。于403年篡晋称帝,改国号为"楚"。

这一次,又是刘裕联合了各地的军队,于404年与刘毅、何无忌、檀凭之等27人自京口起兵,卫晋抗楚。众人推刘裕为盟主,传檄四方,各地纷纷响应。桓玄见情势不妙,挟持晋安帝,逃往江陵。随后,刘裕率兵进入建康,坐镇京师,指挥各路人马乘胜西进。经过一个多月的激战,桓玄被逼逃往西川,为益州都护冯迁所杀。405年,刘裕迎晋安帝复位。为奖励刘裕再造晋室之功,晋安帝封刘裕为侍中、车骑将军、都督中外诸军事,以扬州刺史、录尚书事入京辅政,独揽朝权。刘裕从此控制了东晋朝政,成为权倾天下的显赫人物。

刘裕掌握东晋大权后,因为其本来是出身贫苦的小军官,在士族中没有什么地位。他为了提高自己的威望,决定发动北伐。409 年,南燕国主慕容德死,其侄慕容超继位,纵兵肆虐淮北,刘裕因此上表北伐,统领晋军向北挺进。刘裕从建康出发,沿淮河,越过大岘山,410 年攻破南燕都城广固,收复青、兖两州,俘获慕容超,斩首于建康,至此南燕政权覆灭。

之后的几年,刘裕又平定了南方的割据力量。在 416 年,后秦国主姚兴去世,姚泓继位,内部叛乱迭起,政权不稳。刘裕认为这是灭亡后秦的良机。于是,在 416 年 8 月,他再次率兵北伐。他派大将王镇恶、檀道济带领步兵,从淮河一带出兵向洛阳方向进攻,自己亲自率领水军沿着黄河进军。王镇恶这一路挺顺利地攻下了洛阳,又打到了潼关。可是因为后面的粮草接济不上,他们只好停下来。刘裕派人从黄河往上游送粮草。

那时候,北方鲜卑族建立的北魏开始强大起来,它的势力已经发展到黄河北岸。北魏在北岸集结了 10 万大军,威胁晋军。魏军在黄河北岸发现了南岸的晋军,就想趁火打劫。遇上有的粮船被风吹跑了,他们就出来把粮食抢走,还杀了不少晋军士兵。刘裕派水军上北岸去打魏

军,魏兵就逃,等晋军回到船上,他们又在北岸骚扰,弄得晋军来回奔跑,没法顺利进兵。刘裕了解了情况后,就派了一个将军带了 700 名兵士、100 辆兵车登上北岸,沿岸摆开一个半圆形的阵势,两翼紧紧靠着河岸,中间鼓出,当中的一辆兵车上竖了一根白羽毛。因为这种布阵形状像个月钩,所以名叫"却月阵"。

魏兵看看这个阵势,也没有什么大不了,就集中 3 万骑兵向河岸猛攻晋阵。晋阵上 100 辆兵车上的弓箭齐发,仍旧挡不住魏兵。没料到晋军在却月阵后面,另外布置好 1000 多支长矛,装在大弓上。这种长矛约有三四尺长,矛头特别锋利。魏兵正向晋军猛攻的时候,晋军兵士们就用大铁锤敲动大弓,那长矛往魏军飞去,每支长矛就能射杀魏兵三四个,3 万名魏兵一下子就被射死了好几千。其他魏兵不知道晋军阵后还有多少这种武器,吓得抱头乱窜,全线崩溃。晋军又乘胜追击,杀死了大批魏兵。

刘裕打退魏军后,与王镇恶和檀道济率领的步兵在潼关会师。接着刘裕派王镇恶攻下长安,灭了后秦。由于这次北伐是东晋自打建立以来战果最大的一次,这巨大的功劳,使刘裕在朝廷的地位显赫无比。他先后受封相国、宋公,赐九锡,位在诸侯王之上。后来,晋安帝死去,刘裕认为时机成熟,就派人劝说刚刚即位的晋恭帝让位。420 年,刘裕即位做了皇帝,改国号为宋。这就是宋武帝。东晋王朝在南方统治了 104 年后灭亡了。

五 斗 米 道

五斗米道,创始人张陵(34—156),东汉顺帝时人,又名张道陵。因为"从受道者,出五斗米",所以人们称其为"五斗米道";又说,其道首为人治病,痊愈后病家要出五斗米,所以也称为"五斗米师"。

扫码查看
☑ 中华故事
☑ 典故趣闻
☑ 能力测评
☑ 学习工具

才高八斗

　　刘裕建立南朝宋以后，在文学史上具有浓墨重彩的一个人开始登上历史舞台，他就是中国山水诗派的鼻祖——谢灵运。

　　谢灵运原名谢公义，字灵运，出身于东晋煊赫一时的大士族家庭。他的祖父谢玄因在淝水战役中击败前秦苻坚而为谢氏一族增添了荣耀，他的曾外祖父是东晋著名的文学家和书法家王羲之。谢灵运的父亲很普通而且死得早，因此天性颖悟的谢灵运出生时，谢玄觉得这个孙子是上天赐给谢家的"补偿"。为了培养谢灵运成才，谢家把幼年的他寄养到一位学问渊博的亲族家里，使他自幼便得到了很好的教育。正是由于这个原因，谢氏族人都称呼他为"谢客"。

　　因受到渊源家学的熏陶，谢灵运自幼聪慧，博览群书，诗文和书法在当时极具影响。曾遍游名山大川，创作了很多的诗篇，是我国古代山水诗的一位奠基者。他文笔奔放，辞藻丰富，很有才华。在文坛上被誉为"文章之美，江左第一"，他自己也非常自负，曾经对身边的人说："天下的文学之才一共有一石（即十斗），其中曹子建（曹植）独占了八斗；我的才学可得一斗；剩下一斗，天下其他人共分。"这也就是才高八斗的出处了。

　　就是这样一个文人，因为不善于在官场投机钻营，致使其仕途充满坎坷。420年，刘裕建立大宋朝后，谢灵运在朝中任职，但他处世不够圆通，常常有意无意之中得罪了朝中权贵，于是有人向皇帝告状说他这不是那不是，再加上大宋王朝对谢家始终怀有疑忌，于是决定将其免职回家。

　　有一次在朝堂之上，皇帝问谢灵运："谢爱卿，你说人活在世上不过百年，这做皇帝、当官和做老百姓，哪一样不是活着，你说为什么大家都想当官或者

做皇帝？"

　　谢灵运一听，觉得皇帝对自己信任，连这样的话也问自己，于是实话实说道："其实，这世上最好做的就是老百姓，当官最不好做，动不动就做错，动不动就说错，有时候错了还不知道错在哪里。就说这官场上的迎来送往吧，不与同僚建立私人关系，人家就说你孤傲，或者说你不合群，如果建立了私人关系，又避免不了结党营私。说句实在话，这官其实不是人做的，对上对下一不小心就得罪了人，难啊！"

　　皇帝正要找个话题教训谢灵运，于是对他说："既然为官难，你看这样好不好，你还做回老百姓吧。"

　　谢灵运一听，知道皇帝说出去的话就没有更改的余地了，心中不悦，他此时才明白，今天皇上向自己问话，是早就布好了局的，只得说："多谢皇上恩典！"就这样，谢灵运被免官回家了。

　　辞官回乡后，谢灵运照样公子哥脾气不减，傲慢得不可一世，这从他跟会稽太守孟顗结怨一事中不难

看出。孟颢是个信佛的人，但是，谢灵运却寻衅讽刺他，说："想得到是需要慧根的，你老先生虽然升天在我谢灵运之前，但是成佛肯定是在我谢灵运之后。"这种话很伤人，孟颢不可能不计较。谢灵运还曾飞扬跋扈地前后几次向孟颢要求划给他几个湖放水造田，均遭拒绝，两人从此结下怨恨。还有一次，谢灵运带领好几百人从家乡始宁南山出发，舍弃故道旧径，另辟他途，逢山开路、遇水搭桥，一路上伐木开径，一直开到了临海县。临海太守王琇听到手下报告，开始时以为是强盗山贼，相当害怕，后来弄清楚是谢灵运，这才放了心。

431 年，宋文帝又让他出任临川内史，但他已经厌恶了官场的逢迎、虚伪，开始消极抵抗，常常称病不理政务，终日游山玩水。他的恣意妄为终于给了那些嫉恨他的官员以机会，于是大批地方官员纠结起来上奏章弹劾他，要治他的罪。谢灵运不服，反而把有关地方官员扣押起来。他还赋诗一首："韩亡子房奋，秦帝鲁连耻。本自江海人，忠义感君子。"将大宋王朝比作暴秦政权，并以张良、鲁仲连自比，暗示要像他们那样为被灭亡的故国复仇雪耻。这种行为和言论，加重了他的罪名，被判免死流放广州。

可是刚到广州，朝廷的公文又到了，有人诬陷他意欲劫囚车并且结兵叛乱，命令将他就地正法。谢灵运接到死亡命令后，好像早有准备似的，他没有呼天抢地，而是冷静面对，他还写了一首绝命诗。

433 年 10 月，谢灵运在广州被处弃市刑（当街斩首），死时仅 49 岁。一代文豪犹如一颗流星，在历史的天空划过一道短暂而耀眼的光芒，倏然而逝。

谢 玄

谢玄（343—388 年），字幼度，陈郡阳夏（今河南太康县）人，东晋名将。谢安之侄，谢灵运的祖父。曾在淝水之战中，统帅大军击败前秦军队。

檀道济唱筹量沙

　　刘裕建立宋朝后，对那些一直追随他的有功之臣都进行了封赏，其中就包括檀道济。檀道济曾随刘裕进攻后秦，为先锋攻入洛阳，并俘获降卒4000余人。当时晋将纷纷主张杀掉俘虏，以壮军威，檀道济却不同意。他说："王师北征是为了吊民伐罪，怎好枉杀？"他下令尽数释放俘虏，让他们回归乡里，并申明晋军入城后，应严明纪律，不得扰民。刘裕登基后，任命檀道济为丹阳尹、护军将军。后又改命为镇北将军、南兖州刺史，镇守广陵，监管淮南诸军。

　　刘裕做了两年皇帝，到第三年，就病死了。他的儿子宋文帝即位。在426年，出镇荆州的谢晦拥兵抗拒朝命。文帝从广陵召回檀道济，对他说："现在谢晦在荆州拥兵自重，不遵朝廷命令，意欲犯上作乱，现已威胁建康，不知你可有什么办法对付他吗？"

　　檀道济说："谢晦老练干达，富有谋略，我过去与他一同随武帝北征，入关十策，有九策出于谢晦胸中。但他未曾率军决胜于疆场，戎事非其所长。若陛下信任，可让我奉命征讨，可一战擒之。"文帝大喜，遂亲统大军数万，以檀道济为先锋，溯江西上，击溃谢晦。因此平乱之功，檀道济被封为征南大将军，任江州刺史。

　　430年，为解除北魏对宋的威胁，文帝命檀道济统军北伐。宋军前部进军河南，收复洛阳、虎牢等地。但很快，北魏太武帝亲自率军反击，刘宋前线部队一片混乱，很多地方纷纷失守，退驻滑台。

　　431年，檀道济率军往救滑台，军至寿张时，遇到魏安平公乙旃(zhān)眷。檀道济领军奋勇前行，大破魏军，并乘胜北进，前后20余日，连战30余次，宋军节节胜利,一直追到历城。这时候,檀道济骄傲起来,防备也有点松懈了。魏军瞅准机会,用两支轻骑兵向檀道济的宋军前后两翼发起突然袭击,把宋军的辎重粮草,放了把火烧了。檀道济的将士虽然英勇善战,但是断了军粮,就没法维持下去,准备从历城退兵。

但有些士兵在路上投降了魏军,把宋军缺粮的情况报告给他们。魏军于是紧紧追击,宋军处于险境之中。这天晚上,檀道济在军营巡视一圈,见士兵因为吃不饱肚子,怨声载道,他心里也很着急。是啊,眼看就要断粮,魏军又步步紧逼,总得想个退兵之计呀!他找来一些心腹商议了一阵,最后想出了一条妙计。

一会儿,营帐之外燃起无数火把,征南大将军檀道济指挥数千名士兵往空米袋里装进沙子,一边装,士兵们一边高声数着:"一斗,二斗,三斗……"另有一群士兵来来往往,把沙袋搬到东,运到西,看上去像是在分粮食。就这样忙乎了大半夜。

天快亮了,檀道济命令士兵把一袋袋沙陈列在帐外,袋口故意敞开着,上面覆盖少量的米,看上去好像是一袋袋粮食。

此时,魏军中早有人把宋军半夜里分粮食的事报告主帅。主帅很是疑惑,忙吩咐探子去查个明白。天蒙蒙亮时,几个探子打扮成老百姓,来到宋军营帐前,看到一袋袋的粮食摆在那里,几个伙夫从上面取米出来做早饭,慌得他们连滚带爬地回到主帅那儿报告。

主帅一听,心里暗想道:"檀道济一向诡计多端,分明是军粮足够,却叫士兵来诈降,谎报粮草已绝,让我们紧紧追赶他们,到时候他再突然来个回马枪。我得提防着点。"想毕,喝道:"来人啊,把那些来诈降、谎报军情的宋兵给杀了!"

到了天色发白,檀道济命令将士戴盔披甲,自己穿着便服,乘着一辆马车,大模大样地沿着大路向南转移。魏将安颉等人被檀道济打败过多次,本来对宋军就有点害怕,这时又看到宋军从容不迫地撤退,吃不准他们在哪儿埋伏了多少人马,不敢追赶。檀道济靠他的镇静和智谋,保全了宋军,使宋军安全地回师。自此之后,魏人惮惧檀道济的威名,不再轻易南犯。

谢晦(390—426),字宣明,陈郡阳夏人,南朝刘宋大臣。424年,与司空徐羡之、尚书令傅亮合谋废宋少帝,立宜都王刘义隆为帝。426年,谢晦因废杀少帝的事而心里不安,举兵抗命,为檀道济所破。

范晔修《后汉书》

420年,刘裕废晋自立,建立宋朝后,对一直支持自己并辅佐自己登基的亲信大加封赏,其中有一人被拜为金紫光录大夫散骑常侍,这个人就是范泰。说到范泰可能没有几个人知道,但是提到他的儿子,很多人都非常熟悉——南朝刘宋时期的杰出史学家、史学名著《后汉书》的作者——范晔。

范晔出生在一个著名的士族家庭,祖上在西晋时期开始就已经在朝中为官,官位显赫,并且家庭中有很正宗的家学传统。从他的曾祖撰写《尚书大事》开始,到他父亲范泰写《古今善言》,每一代都有人著书立说。受到家庭的影响,范晔从小就好学,再加上天资聪慧,因此尚未成年,便以博通经史,善写文章而多有盛名。414年,范晔17岁,州刺史召他为主簿。但当时,他与父亲范泰一样,政治上倾向于要刘裕称帝,所以不愿做东晋的官,不肯就职。刘裕称帝后,23岁的范晔才应召到刘裕之子彭城王刘义康的府下任冠军参军。此后的10多年里,范晔一直跟随在刘义康的身边为其出谋划策,竭尽心力。

424年,宋文帝刘义隆即位。到429年,宋文帝由于身体原因召彭城王刘义康进京主持朝政,范晔也随之来到了京城,并得到重用。但让他没有想到的是,他的官路刚刚有了一点起色,就遭到了无情的打击。432年冬,彭城王刘义康母亲王太妃去世。刘义康把故僚们召集到府内帮助料理丧事,范晔也到场了。虽然刘义康的母亲死了,但范晔实在悲伤不起来。在临出葬前的一天夜晚,轮到他的弟弟范广渊值班,范晔兄弟俩便邀了一位朋友躲在屋里喝起酒来。醉意朦胧之际,范晔忘记了利害,竟推开窗子,听挽歌助酒。这件事传出后,刘义康非常恼怒。几句谗言上去,宋文帝就把范晔打发到宣城当

太守去了。

　　这次贬官对范晔是一次很大的刺激，加上他虽然生在名门士族，但却是个妾生的庶子，使得他在家族中的地位十分的低下。哪怕他有再高的才华，也得不到重视。种种的不如意，使得范晔的心情十分苦闷。于是在宣城任上时，他开始从事后汉史的编纂工作，企图以此排解这种痛苦。在范晔写《后汉书》之前，后汉史书已经有了很多种，从东汉的明帝到灵帝，经过班固、刘珍、伏无忌和蔡邕等几代人的努力，写就纪传体的《东观汉记》，后来，吴谢承、晋薛莹、司马彪和刘义庆等人都有著作面世。有了前人的成就，范晔便参考各家内容，融会贯通，写成《后汉书》。由于范晔的著作叙事简明扼要，内容全面，语言凝练，结构严谨，编排有序，而且文辞优美，所以其成就超过了前人，受到

后世的重视。

正是因为他多年埋头于著书立说，使得宋文帝开始逐渐认识到他的才华，于是把他调入京城担任统领一部分禁军的左卫将军和太子詹事。这之后，范晔的才华得到了展现的机会。范晔除了学识渊博，写得一手好文章外，还精通音乐，长于书法。但范晔为人傲慢不羁，不肯逢迎拍马。他的琵琶弹得很好，并能创作新曲。宋文帝很想听听，屡次加以暗示，范晔却总是假装糊涂，始终不肯为皇帝弹奏。在一次宴会上，宋文帝直接向范晔请求说："我想听一首曲子，你可以演奏吗？"话说到这份上，范晔只得奉旨弹奏。待曲子一完，他立即停止了演奏，竟不肯多弹一曲。在充满陷阱的官场上，范晔不懂得保护自己，终于为他引来了杀身大祸。

当时的彭城王刘义康由于长期执政，威权日重，受到宋文帝的猜忌。随着时间的推移，兄弟之间的矛盾愈演愈烈。440 年，宋文帝以"结党营私，图谋不轨"的罪名诛杀、流徙刘义康的亲信刘湛、刘斌等十余人，并解除了刘义康的宰辅职务，将他贬至豫章任江州刺史。刘义康到豫章后，不甘心失败，遂加紧活动准备夺权。444 年，刘义康的几位心腹筹划政变。由于范晔掌握禁军，又多年在刘义康的部下为官，所以成了他们的重点拉拢对象。考虑到自己的处境，范晔就参与了进去。结果，刘义康的手下徐湛之向宋文帝告密，并声称范晔是政变的主谋。于是，范晔被捕，465 年 12 月惨遭杀害，时年 47 岁。

《后汉书》

《后汉书》是一部记载东汉历史的纪传体史书，"二十四史"之一。《后汉书》是继《史记》、《汉书》之后又一部私人撰写的重要史籍。与《史记》、《汉书》、《三国志》并称为"前四史"。书中分十纪、八十列传和八志（司马彪续作），记载了从王莽起至汉献帝195 年的历史。

说实话的高允

北魏王朝建立以后,魏道武帝任用了一批汉族士人当谋士。其中最有名望的要数崔浩。后来,魏太武帝即位,在位期间,统一了整个北方。在统一北方的战争中,崔浩为魏太武帝出谋划策,立了很大功劳,很受魏太武帝的信任。那时候,北魏建国好多年了,还没有一部历史书。当魏太武帝基本统一北方以后,国家也安定了,他就让崔浩统管秘书监的事务,并让他和高允等人修魏国国史,而且太武帝叮嘱他们说:"一定要诚实记录。"

当时,皇帝要编国史的目的,本来只是留给皇室后代看的,但崔浩等人并不知情。于是,崔浩和他的同事按照魏太武帝的要求,采集了魏国上代的资料,用了几年的时间编写了一本魏国的国史。本来如果就这么把书交给魏太武帝的话也就没事了,还能得到奖赏。可偏偏这个时候,崔浩手下的两个文人别出心裁地劝崔浩把国史刻在石碑上,让百官看了,也可以提高崔浩的声望。崔浩又自以为功大官高,没有什么顾虑,真的花了大批人工和费用,把国史刻在石碑上,还把石碑竖在郊外祭天坛前的大路两旁。

万没想到这回可是闯了个大祸。鲜卑人的贵族、王公们看见书里把他们的祖上办的那些坏事、丑事都写进去了,气得发了疯,一个接一个地到太武帝那儿去告状,请求办崔浩的死罪。太武帝细一打听,真是这么回事,也气得七窍生烟,下令把石碑毁了,把崔浩几个人逮起来,严加审问。

太子听说了这事,吓了一跳。他不为别的,就是替高允担心。高允是太子的老师,也是和崔浩一起编史书的人。他要是让这件事牵连进去,准活不了。于是,太子命人把高允接进东宫来,并对高允说:"今天你就住在东宫吧,明天我陪你朝见皇上，如果皇上问你，你照我的意思答话，别的什么也别说。"

第二天，太子带高允去朝见太武帝。他先进去对太武帝说："高允做我的老师已经有一段时间了，这段时间来，我对他的性格已经很清楚，他小心谨慎，从不擅权。何况他地位很低，所以修纂国史完全是崔浩一人所为，虽说他参加了编史，可实际上没写多少。请皇上赦免高允的死罪。"

太武帝召高允进去，问他说："国史都是崔浩写的吗？"

这时，高允也明白是怎么回事了。但他仍然老实地说："《太祖记》是前著作郎邓渊所写，《先帝记》和《今记》是我与崔浩共同执笔写的。不过崔浩的事情多，只是总揽裁定此书的大纲而已，具体内容，我要比崔浩写得多。"

太武帝瞪起眼睛来对太子说："听见了吗？他自己都承认比崔浩写得多了，罪比崔浩还大。我怎么能饶他！"

太子赶紧说："陛下天威震怒，高允是个小臣，没有经受过这样的场面，所以被吓住了，语无伦次，刚才我问他的时候，他告诉我主要是崔浩写的。"

太武帝转过脸又问高允："太子说得对吗？"

高允大声说："臣下不敢说假话。太子因为臣教过他念书，想救臣不死，才这么说。其实他刚才并没问过臣。"

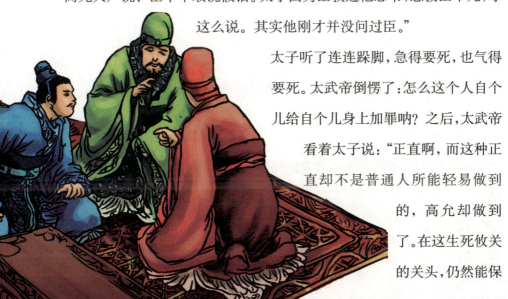

太子听了连连跺脚，急得要死，也气得要死。太武帝倒愣了：怎么这个人自个儿给自个儿身上加罪呐？之后，太武帝看着太子说："正直啊，而这种正直却不是普通人所能轻易做到的，高允却做到了。在这生死攸关的关头，仍然能保

持诚实，这是真正的信义。作为臣子能不欺瞒君王，这是忠贞。对于这样的人，宁可失掉一个罪犯，也要宽容他。"于是就没有追究高允的罪。

事后太子责备高允说："做人应当见机行事，我为了让你免去死罪，可是你非要实话实说，惹得皇上愤怒。在皇上愤怒的情况下，还有谁能制止住他呢？所以我现在想起来，还心跳不已。"

高允却说："崔浩做这件事私心重，是有错误的，但是我认为记载历史，就应该尊重史实，这样做一方面是给后人以借鉴，另一方面也是对当权者的一种勉励和警戒。如果历史可以粉饰，那么再坏的皇帝，也可以让修纂历史的人，对他的行为美化，历史上也就不存在坏皇帝了。正因为历史是按照皇帝的本来面目记载，皇帝为了自己的历史名声，就不敢肆意而行。这些都是当史官的责任。"太子听了他的话，更加佩服他的人格。

可是高允回去，太武帝又下旨，让高允写崔浩他们定罪处死的诏书。高允犹豫了半天，也没有写出半个字来。太武帝派人一再催问，高允说："我要求再向皇上面奏一次。"高允进宫对太武帝说："崔浩的案件，如果还有其他的罪过，我不敢多问，但如果仅是因为修国史中的错误，还不至于定死罪。"太武帝认为高允太不识好歹，吆喝一声，叫武士把他捆绑起来。后来太子再三恳求，太武帝气消了，才把他放了。

魏太武帝到底没有饶过崔浩，把崔浩和他的几家亲戚满门抄斩。但是由于高允的直谏，没有株连到更多的人。

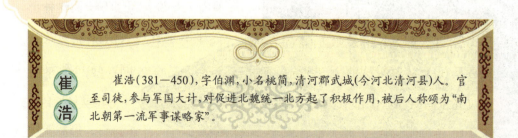

崔浩

崔浩(381—450)，字伯渊，小名桃简，清河郡武城(今河北清河县)人。官至司徒，参与军国大计，对促进北魏统一北方起了积极作用，被后人称颂为"南北朝第一流军事谋略家"。

大发明家祖冲之

南朝宋经历了武帝和文帝的繁荣后,到宋孝武帝即位之后,宋王朝很快就衰落了。但在这个时期,却出了一位杰出的科学家——祖冲之。

祖冲之的祖父名叫祖昌,在宋朝担任大匠卿的职务,负责管理全国的土木建筑,他的父亲是朝廷的大臣。小时候,祖冲之总是和祖父待在一起,看祖父画各种各样的工程草图,听祖父讲一些建筑常识。一天,祖父在做一辆马车的时候遇到了一道难题:由于做轮子的模具坏了,祖父不得不用手来画圆,可怎么画也不令人满意。祖冲之看见了,立即找来一根绳子,他叫祖父固定好绳子的一端,自己则围着祖父跑了起来。不一会儿,一个标准的圆就画好了。祖父感到非常惊讶,心想:自己搞了大半辈子的土木工程,居然没想到用这种办法来画圆。祖父抱着祖冲之亲了又亲,夸他是一个聪明的孩子。

基于小时候的这段经历,祖冲之长大后对圆有着特殊的兴趣。有一次他在翻阅刘徽给《九章算术》作的注解时,被刘徽在深入学习古人成果,广泛实践的基础上,用高度的抽象概括力建立的"割圆术"与极限观念所折服,不禁拍案而起,连连称赞:"真了不起!"但是,祖冲之也发现刘徽通过计算到圆内接正96边形,而求得圆周率为3.14,这个值是不准确的。因为按照刘徽的观点,圆内接正多边形的边数越多,所求得的圆周率的值就越精确。那么3.14这个值就是一个大概值。于是,祖冲之就有了把圆周率进一步精确的想法。他对儿子祖暅(xuǎn)说了这个心思,祖暅高兴地说:"您既然有这个想法,咱们就把圆再往下分,一定能算出比刘徽更准的数来!"父子俩把地磨平,画了一个直径1丈长的大圆,然后开始"割圆":6边、12边、24边、48边、96边,算的结果跟刘

徽的一样。祖冲之二话没说，又往下割：192 边、384 边、768 边……最后画出了 24576 边形。边数越多，边长越小。父子俩蹲在地下，头也不抬，恐怕算错了一点儿。那不就白费劲儿了吗？末了儿，他们算出 24576 边形每一边边长是 0.00012783 丈，就是 1 厘 2 毫 7 丝 8 忽 3 微。这么短的长度要用针尖儿才画得出来。祖冲之他们费了多大劲儿就别提了。再往下画，就太难了。祖冲之站起来说："按道理，把这个圆这么割下去，是没完的。可实际上，咱们没法再割下去，就割到这儿吧！"

就这样，祖冲之在前人成就的基础上，经过刻苦钻研，反复演算，求出圆周率在 3.1415926 与 3.1415927 之间。祖冲之求出的圆周率，精确到小数点后 7 位，这在当时，全世界上只有他一人。欧洲人还是在他 1000 年以后才算出这么精确的数字。为了纪念祖冲之的杰出贡献，有些外国数学史家建议把圆周率叫做"祖率"。

祖冲之除了数学方面，在天文历法方面也有很高的成就。祖冲之博览当时的名家经典，坚持实事求是，他从亲自测量计算的大量资料中对比分析，发现过去历法的严重误差，并勇于改进，在他 33 岁时编制成功了《大明历》，开辟了历法史的新纪元。这种历法测定的每一回归年（也就是两年冬至点之间的时间）的天数，跟现代科学测定的相差不到 1 分钟；测定月亮环行一周的天数，跟现代科学测定的相差不到 1 秒，可见它的精确程度了。

462 年，祖冲之请求宋孝武帝颁布新历，孝武帝召集大臣商议。那时候，有一个皇帝宠幸的大臣戴法兴出来反对，认为祖冲之擅自改变古历，是离经叛道的行为。

祖冲之当场用他研究的数据回驳了戴法兴。戴法兴依仗皇帝宠幸他，蛮横地说："历法是古人制定的，后代的人不应该改动。"

祖冲之一点也不害怕。他严肃地说："你如果有事实根据，就只管拿出来辩论。不要拿空话吓唬人嘛。"

宋孝武帝想帮助戴法兴，找了一些懂得历法的人跟祖冲之辩论，也一个个被祖冲之驳倒了。但是宋孝武帝还是不肯颁布新历。直到祖冲之死了 10 年之后，他创制的大明历才得到推行。

祖冲之还与他的儿子祖暅一起，用巧妙的方法解决了球体体积的计算。他们所使用的原理，在西方被称为卡瓦列利原理，但这是在祖氏以后 1000 多年才由卡氏发现的。为了纪念祖氏父子发现这一原理的重大贡献，大家也称这原理为"祖暅原理"。

祖冲之不仅对数学、天文、历法进行过广泛的研究，取得了卓越的成就，而且对机械制造也有贡献。他发明和创造了"指南车"、"千里船"、"水碓磨"、"计时器"等有利于生产发展的科学机械，成为一个成绩卓著的科学家。他的发明为促进社会生产的发展，建立了不可磨灭的功绩，受到了中国人民和世界人民的尊敬。

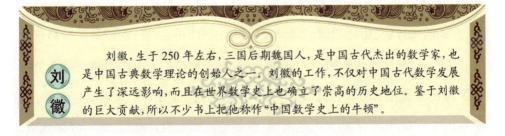

刘徽，生于 250 年左右，三国后期魏国人，是中国古代杰出的数学家，也是中国古典数学理论的创始人之一。刘徽的工作，不仅对中国古代数学发展产生了深远影响，而且在世界数学史上也确立了崇高的历史地位。鉴于刘徽的巨大贡献，所以不少书上把他称作"中国数学史上的牛顿"。

刘徽

范缜辟佛

扫码查看

☑ 中华故事
☑ 典故趣闻
☑ 能力测评
☑ 学习工具

　　随着南朝宋的逐渐衰落,479年,握有军政实权的萧道成夺取了刘宋政权,建立了齐朝。为巩固自己的统治,萧道成任用了一批新人,从此范缜(zhěn)踏上了仕途。开始,范缜在地方上做小官,由于他的才能,后来做到尚书殿中郎。到了萧道成之子齐武帝萧赜(zé)时,为进一步缓和南北局势,范缜曾作为使者出使北魏,他的学识和能力受到北魏朝野的称赞。回到南齐以后,范缜在朝廷中开始产生影响。

　　南北朝时代,佛教渐渐盛行起来。南齐的朝廷里,从皇帝到大臣,都提倡信奉佛教。南齐的宰相——竟陵王萧子良就是一个笃信佛教的人。萧子良在建康西郊的鸡鸣山下造了一所房子,把它叫"西邸"。他经常在此举行宴会,把一些名人学者请来,一边喝酒,一边聊天儿,聊的差不多都是关于学问的事。萧子良还召集了一些文人在西邸抄写儒家的经典和百家的著作,编成一部大书,叫《四部要略》,一共有1000卷。日子一长,西邸就成了学者文人们相互结交的地方了。到西邸参加宴会的,还有不少和尚,有时候萧子良还叫和尚给客人们讲佛经。

　　489年暮春的一天,宰相竟陵王萧子良在西邸大会宾客,席上坐满了达官贵人、名人学士,以及精通佛理的高僧。范缜也应邀在座。席间高僧讲论佛法,大谈因果报应、生死轮回的老调子,并说权贵们的财富、地位是前世修行来的。这些话,对反对佛教的范缜来说,无疑是一种挑战。在那个和尚眉飞色舞地说得正起劲儿的时候,忽然席上有个人忍不住了,"扑哧"一声笑了起来。萧子良抬头一看,那个笑的人正是范缜,就很不高兴地说:"范缜,你不好好地听,笑什么？"

范缜站起来，大声说："他说的，我不懂。我只知道一个人有了身体，才能够有精神；身体死了，肉都烂了，精神也就没了。怎么还会有什么'来生'呐？"

萧子良听了气得脸直发青，说："你不相信因果报应，那么，你倒说说，为什么有的人生下来富贵，有的人生下来就贫贱呢？"

范缜很从容地又站起来，看了看大伙儿，不慌不忙地说："好，我就说说。这没有什么奇怪。打个比方，人生好比树上的花瓣。花经风一吹，花瓣随风飘落。有的掠过窗帘，落在座席上面；有的吹到篱笆外，落在茅坑里。花儿的遭遇这么不一样，难道说这都是前世的因、后世的果吗？人也是这么回事：落在座席上就像您；落在茅坑里的，就像我。富贵、贫贱，就是这么一回事，哪里有什么因果报应呢？请问：谁知道自个儿前生行了什么善，积了什么德，又造了什么罪？"这一问，真把大伙儿问住了。谁都说不出来，萧子良也不吭声了。过了一会儿，他只好宣布宴会结束。

范缜从萧子良那里回来，觉得虽然驳斥了萧子良，但是还没有把他反对迷信的道理说透彻，就专门写了一篇文章，叫作《神灭论》。文章里面说：

"形体是精神的本质，精神只是形体的作用。形体和精神的关系，好比一把刀和锋利的作用。没有刀，就不能起锋利的作用。没有形体，哪里有什么精神呢？"这篇文章一出来，朝廷上上下下都闹翻了天。一些萧子良的亲信、朋友，都认为非把范缜狠狠地整一下不可。萧子良又找了一批高僧来跟范缜辩论，但是范缜讲的是真理，那些高僧到底还是辩不过范缜。

有个佛教信徒王琰讽刺他说："唉，范先生啊！您不信神灵，那您就连祖先的神灵在哪里也不知道了。"

范缜针锋相对地嘲笑王琰说："可惜呀，王先生。您既然知道您的祖先神灵在哪里，为什么不早点去找他们呢。"

萧子良怕范缜的影响太大，会动摇大家对佛教的信仰。隔了几天，他派了一个亲信王融去劝说范缜，说："宰相是十分赏识有才能的人的。像您这样有才干的人，要做个中书郎，还不容易！何苦一定要去发表这样违背潮流的议论呢。我真替您可惜。我看您还是把那篇背时文章收回了吧。"

范缜听了，仰起头哈哈大笑，说："我范缜如果放弃自己的观点去求官，那么要做更大的官也不难，何在乎您说的中书郎呢。"

后来，梁朝取代了齐朝。迷信佛教的梁武帝一上台，便把佛教立为国教，不久又亲自发动贵族、官僚、僧人60多人，写了70多篇文章，来反驳范缜，但是都不能取胜。在权贵们的围攻下，范缜据理争辩，始终没有屈服。范缜的无神论主张遭到统治者的妒恨，终于被弹劾罢官，流放到广州，不久便去世了。

萧道成(427—482)，汉族，字绍伯，小名斗将。南朝齐创立者，为齐高帝，在位4年。原为刘宋的大将，因平叛有功，萧道成晋爵为公，独揽朝廷大权。479年，逼迫宋顺帝刘准颁诏将帝位禅让给他，至此，齐朝正式建立，史称南齐。

冯太后临朝称制

　　话说当年北魏太武帝拓跋焘在扫平北燕的时候,北燕的最后一代君主冯弘一家并没有被全部消灭,冯弘的 3 个儿子冯崇、冯朗、冯邈活了下来。在北燕灭亡之前,由于不满被废除了皇太子之位,又害怕遭到进一步的迫害,于是冯崇带领自己的两个兄弟冯朗和冯邈献出自己的领地投降了北魏。投降之后,兄弟三人得到了太武帝拓跋焘的不同任用,冯朗被拓跋焘内迁到关中,担任秦、雍两州的刺史。他的儿子、女儿也都在长安诞生,他的女儿从小就长得天生丽质,招人喜欢。这个小女孩就是后来的北魏冯太后了。

　　在 449 年的时候,太武帝拓跋焘下诏,命大将军冯邈带兵征讨柔然。结果冯邈战败投降了柔然,这使得太武帝大为震怒,下令将冯邈的家人全部诛杀,冯朗也被赐死,当时冯朗的妹妹是太武帝拓跋焘的左昭仪,从而保住了冯朗的女儿冯有,最终以戴罪之身进入皇宫做了一个小奴婢。当时只有 7 岁的冯有进宫以后,得到姑母左昭仪的提携和悉心的照顾。最后凭借着冯有的聪明机敏与姑母冯左昭仪在宫中的权势,使冯有成功地进入到拓跋濬——也就是后来的北魏文成帝——的视线中。456 年,18 岁的冯贵人被立为中宫皇后,母仪天下。同年,文成帝立 2 岁的儿子拓跋弘为皇太子。按照北魏"立子杀母"的规矩,拓跋弘生母李贵人被赐死。皇太子拓跋弘交由冯皇后抚养。

　　465 年 5 月,文成帝驾崩,时年 26 岁。拓跋濬的去世对于冯皇后的心理打击不小,大丧时宫中燃起大火,皇帝生前的用品被焚烧,百官和嫔妃都到场痛哭。哭声震天,冯皇后受到深深的感染,忽然悲叫着跳入火堆,左右慌忙上前将她拖出,半天才苏醒过来。这一跳为冯皇后最终登上政治舞台做出了极好的铺垫。3 天后，拓跋弘即位，也就是北魏献文帝，年轻的冯皇后就成了冯太后。献文帝即位后，由于贪权狂傲的太原王车骑大将军乙浑欺凌这双孤儿寡妇，阴谋篡位，北魏政治中枢面临严重的危机。这时，冯太后显现出其过人的机智和胆识，经过短时间周旋后，铲除了乙浑及其奸党，稳定朝中政治局势。接着，她宣布由自己临朝称制，掌控朝政大权，以杜绝因皇帝年幼再发生朝廷遭奸臣欺凌的事情。通过这次事件，冯太后表现出果敢善断的政治才干，在满朝文武官员中树立了一定的威信。冯太后这次临朝听政，前后仅有 18 个月时间。她凭借多年宫中生活的阅历和非凡的胆识，稳定了北魏动荡的政局。

467 年 8 月，献文帝喜得贵子拓跋宏，冯太后喜得长孙，十分高兴。时隔不久，她就决定停止临朝，由已经 14 岁、初为人父的献文帝亲政，转而担当起抚养皇孙拓跋宏的责任。献文帝亲政以后，颇想有所作为，贬斥了不少冯太后宠信的人，并试图提拔重用一些对冯太后不满的人，以结成自己的心腹。渐渐地，

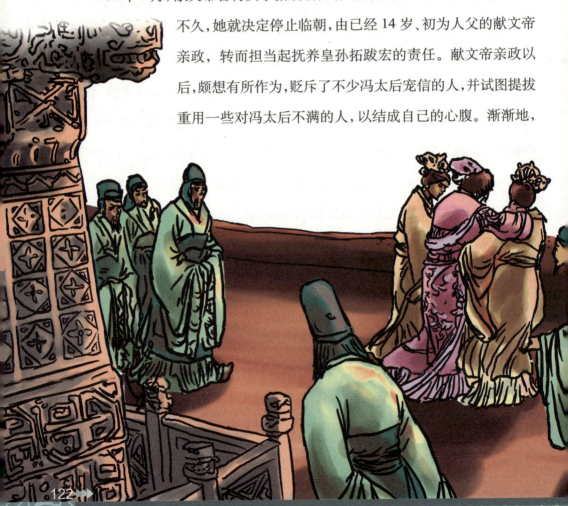

权力之争使这对名义上的母子之间的关系发生了微妙的变化，隔膜顿生。冯太后不到30岁就开始守寡，自然寂寞难耐，就与风流倜傥的臣下李奕有了暧昧关系。献文帝好面子，听到外面议论纷纷，心中生气，不可忍耐。恰巧李奕的弟弟、魏国南部尚书李敷在相州刺史任上时收受贿赂，被人告发。献文帝趁机穷究此事，并施行连坐，诛杀了李奕、李敷兄弟两家。

这件事情的发生，使冯太后非常愤怒，也对献文帝彻底地失望了，她决定把权力从献文帝手中拿回来。于是，她利用自己的声威与势力，发动大臣逼迫献文帝交出皇位。471年8月，献文帝禅位给还不满5岁的太子拓跋宏，自己做上了太上皇。拓跋宏也就是北魏孝文帝。孝文帝即位之初，太上皇帝并没有完全放弃手中的权力。不仅朝廷上重要的国务处理都要向他奏闻，他还屡屡颁布诏书行使大权，甚至亲自率兵北征南讨。这一切，使冯太后决定要再次出面执掌朝政，太上皇帝是最大的绊脚石。于是，476年夏天的某个夜晚，冯太后派人在酒中下毒，鸩杀了这位年轻的皇帝。拓跋弘时年仅23岁。由此冯太后以太皇太后的身份重新主持国家大政。

这时，已过而立之年的冯太皇太后开始展现她雄才大略的政治能力。她广开言路，重用人才，推行了班禄制、均田制、三长制等三项改革，并取得成功。北魏国力自此迅速增强，同时推动了鲜卑游牧文化走向先进的农耕文化，对促进民族融和，也做出了贡献。在中国历史上，冯太皇太后应是最有作为的女政治家之一，为推动中国历史前进，起到了可贵的作用。

均 田 制

均田制，我国从北魏到唐代中期实行的计口授田的制度。是指政府根据所掌握的土地数量，授予每口人几十亩桑田和露田。桑田可继承，露田在年老或死亡后要收回。

魏孝文帝迁都洛阳

冯太皇太后死后,24 岁的孝文帝开始亲自掌权。孝文帝当政后的第一件大事,就是迁都洛阳。

魏孝文帝是一个政治上有作为的人,他认为要巩固魏的统治,一定要吸收中原的文化,改革一些落后的风俗。同时,北魏自定都平城以来到孝文帝时已近百年。平城气候恶劣,生产的粮食不能满足京城的需要。同时平城地处偏僻,使北魏政府很难有效地控制中原地区,北方的少数民族柔然也逐渐强大起来,对北魏构成威胁。于是,他决心把国都从平城迁到洛阳。

他怕大臣们反对迁都的主张,先提出要大规模进攻南齐。493 年,魏孝文帝召集文武百官开会,提出要讨伐齐朝。大臣们愣了半天,谁也不说赞成,谁也不说反对,都低着头不言语。任城王拓跋澄是孝文帝的叔叔,在朝廷上很有威望。他想,皇上还这么年轻,可不能让他冒冒失失地干这种没把握的事。我是他的长辈,不能不说话。他就站出来说:"陛下应该想想以前的情形:当初苻坚南下,结果是他自己亡了国;我朝太武帝南征,兵力损失了一半还多。现在咱们的国力不强,千万不能把打仗的事当儿戏呀!"

没想到孝文帝一听就变了脸,挺严厉地说:"国家是我的国家,我想干什么就干什么。任城王,你说这话,想要动摇军心吗?"

这句话把大臣们都吓蒙了,他们更不敢说话了。拓跋澄倒不怕,上前一步,提高了嗓门儿说:"虽说国家是陛下的,可我也是国家的大臣,怎么能看着危险而不说话呐?"

孝文帝想了一下,就宣布退朝,回到宫里,再单独召见拓跋澄,跟他说:"老实告诉你,刚才我向你发火,是为了吓唬大家。我真正的意思是觉得平城是个用武的地方,不适宜改革政治。现在我要移风易俗,非得迁都不行。这回我出兵伐齐,实际上是想借这个机会,带领文武官员迁都中原,你看怎么样?"

拓跋澄听孝文帝这么一说,心里挺喜欢:这小皇帝可真有点儿眼光呐!他连连地点头说:"皇上想迁都到洛阳去,实在是深谋远虑。自古以来,周朝、汉朝都在洛阳建过都,结果不都是挺兴盛吗?"

孝文帝接着说:"我就是怕大伙儿舍不得离开平城。"

拓跋澄说:"这种大事,普通人怎么也想不到。只要皇上能够决断,我看他们也没有什么办法。"孝文帝想了想,觉着还是先不提迁都好些。第二天,他下令立刻整顿军队,准备向南进军征伐齐朝。他还派人在黄河上搭了浮桥,好让军队过河方便。于是,就在 493 年,魏孝文帝亲自率领步兵骑兵 30 多万南下,从平城出发,到了洛阳。正好碰到秋雨连绵,足足下了 1 个月,到处道路泥泞,行军发生困难。但是孝文帝仍旧戴盔披甲骑马出城,下令继续进军。大臣们本来不想出兵伐齐,趁着这场大雨,又出来阻拦,陈述种种理由。

等他们说完了,孝文帝严肃地说:"既然你们都这么说,我可以答应先不打仗。可是,咱们这么大张旗鼓地兴师动众,不能无声无息地回去了事,那多让人笑话呀!这么办吧:不南征,就迁都。咱们把国都迁到洛阳,怎么样?"

大臣们喊喊喳喳地还没说出什么,孝文帝把手一挥,大声地说:"我的决心下定了,不南征,就迁都。这么着:愿意迁都的站在左边,不愿意的站在右边。"

有几个大臣想往右边站。这时候,有一个大臣说了话:"如果陛下答应不南征,我们就同意迁!"孝文帝轻轻地点了点头,大臣们马上"万岁!万岁!"地喊了起来,一齐站到了左边。孝文帝这才乐了。

孝文帝把国都迁到洛阳以后,决定进一步改革旧的风俗习惯。

有一次,他跟大臣们一起议论朝政。他说:"你们是希望我有些作为呐,还是平平庸庸的?"咸阳王抢着说:"当然希望陛下有作为啦!要能超过前代的皇帝才好呐!"孝文帝说:"要是这么着,咱们是把老一套改变改变呐,还是死守着老一套不放?"大臣们顺从地说:"愿意日日更新!"

孝文帝紧接着又问:"你们是想帝位到我这儿结束呐,还是留给后代的子孙?"大臣们齐声说:"愿江山永远传下去,传到百世千世!"孝文帝听得高兴了,站起来说:"那好。照这么说,就必须改革。谁也不许反对!"

孝文帝改革的成功,促进了农业生产的发展和整个社会经济文化的繁荣,加速了以汉族为主体的民族大融合,不仅使北魏进入鼎盛时期,而且对以后的历史发展产生了深远的影响。

拓跋澄

拓跋澄,字道镇,世袭任城王,孝文帝堂叔,原任城王拓跋云长子,拜尚书令。性情豁达,不恋鲜卑旧制旧俗,支持改革,忠心职守。孝文帝赞誉其曰:"若非任城,朕事业堪忧也。"

《水经注》

在北魏孝文帝统治时期，出了一位杰出的地理学家、文学家，他就是郦道元。郦道元，字善长，北魏范阳郡涿县人，北魏平东将军、青州刺史、永宁侯郦范之子。他的父亲做过不少地方官，因此郦道元从小就跟着做官的父亲到处旅行，祖国各地的明山秀水在他幼小的心灵中早已留下深刻的印象。

郦道元自幼好学，博览群书，并且爱好游览。他跟随父亲在青州的时候，曾经和友人游遍山东。郦道元成年以后，继承了父亲的爵位，经历仕途生涯。做官以后，就利用各种机会到各地游历，每到一地除参观名胜古迹外，还用心勘察水流地势，了解沿岸地理、地貌、土壤、气候、人民的生产生活、地域的变迁等。但是他发现，通过观察而得到数据与他平时在书中看到的有些不太一样。

原来，郦道元平常最喜欢阅读的书籍是有关地理方面的文献，诸如前代的《山海经》《禹贡》《周礼·职方》《汉书·地理志》以及三国时代著的《水经》等等。在阅读过程中，每有感触，或作眉批，或作笔记。他对《水经》一书尤感兴趣，但他认为写得过于简略，仅记干流 137 条，不符合我国地大物博的实际情况，而且有不少地方与实际情况颇有出入，譬如同一条河流，对其发源地或河道的变迁很不一致；对同一地区山川形势的描述，也有大相径庭的；还有沿河城邑兴衰的记载，或不明其来龙去脉，或相互矛盾，无所适从。总之，经常碰到不满意的论述。

由此，他萌发了一种心愿，意欲亲自对华夏河流及其地理特点作一番细致的考查研究，然后整理出符合历史情况和现实情况的文字来。他认为这一工

作如能圆满完成，对今后如何开发利用国土将会发挥重大的作用，肯定会受到后世人的赞扬。应尽量利用出门办事的机会，有意识地去搜集第一手材料，为写书作充分的准备。

正当这个时候，机会来了。孝文帝有意到外地巡视，郦道元本是皇帝身边的侍从，故得以随行。在这两次历时两年的岁月里，行程万里，郦道元不仅考察了沿途的山山水水，而且还学习司马迁写《史记》前的准备工作，所到之处，拜访许多耆老宿绅，参观了许多历史遗迹，使他大开眼界，头脑里充实了大量前所未闻的新鲜材料，为他日后撰写《水经注》奠定了坚实的基础。

孝文帝去世后，宣武帝元恪和孝明帝元诩相继即位，郦道元也离开京城，到地方上任职。公务之余，郦道元仍醉心于搜集材料，研究学问，并结合自己多年来的野外考察记录，开始整理有关我国河川山脉的分布特点及其来龙去脉，动手撰写《水经注》。在撰写整理《水经注》的过程中，更多的时间则花在已有书籍的考证博引上，他阅读过的古籍达437部之多，此外，还大量采用了汉魏以来的各类碑刻、民间谚谣、老人的记忆口述等。这些资料,往往未曾在书籍中见到过,而这些记录,却是郦道元悉心收集的对象,他认为其价值不仅可以印证古籍上的记载,而且还可以将大量失传的资料重新发掘出来流传后世。所以,他所撰写的《水经注》内容特别丰富,资料特别翔实,牵涉到的地域也特别广阔:北起阴山、南达汉水和淮水、西至华山、东到山东半岛。在这些地区,有亲自调查考察累积起来的笔记,也有前人文献中整理出来的论证。至于绝大部分的南方资料,则全部采用前人的记载,经过校勘以后整理而成。

这本花去郦道元毕生心血的专著《水经注》,共计40卷,约30万字,记述了大小河道计1252条。书中记述了各条河流的发源与流向,各流域的自然地理和经济地理状况,以及火山、温泉、水利工程等。这部书文字优美生动,也可以说是一部文学著作。由于《水经注》在中国科学文化发展史上的巨大价值,历代许多学者对它进行专门研究,形成一门"郦学"。

《水经注》不仅是一部具有重大科学价值的地理巨著,而且也是一部颇具特色的山水游记。郦道元以饱满的热情,浑厚的文笔,精美的语言,形象、生动地描述了祖国的壮丽山川,表现了他对祖国的热爱和赞美。郦道元一生著述很多,除《水经注》外,还有《本志》十三篇以及《七聘》等著作,但是,流传下来的只有《水经注》。

北 魏 孝 文 帝

孝文帝(467—499),原名拓跋宏,是一位卓越的少数民族政治家、军事家和改革家。他迁都洛阳,实行汉化,禁胡服口朝语,改变度量衡,推广教育,改变姓氏并禁止归葬,提高了鲜卑人的文化水准,这是西北方各民族陆续进入中原后民族融合的一次总结。

北魏分裂

扫码查看
☑ 中华故事
☑ 典故趣闻
☑ 能力测评
☑ 学习工具

北魏孝文帝迁都洛阳以后，没有几年就病死了。鲜卑人的贵族这时候已经学会了汉族地主那一套，吃喝玩乐、摆阔气、比穿戴成了风气。连将军们也因为没有仗打，都享受起来了。北魏的皇室贵族这样穷奢极侈，当然得向百姓穷凶极恶地搜刮。人民忍受不住，终于起来反抗了。

那时候，北魏在北方边境设立了 6 个镇，派了将士防守。523 年，北方爆发六镇戍卒和各族人民的大起义。当时有一个叫高欢的汉人，他认为时机成熟，就带着建立一番事业的雄心和野心投靠了葛荣等领导的起义队伍。但让他没有想到的是，在葛荣把各路起义兵士都合在一起，准备向洛阳进军时，却被秀容的一个部落酋长尔朱荣给击败了。当时，葛荣兵力号称百万，而尔朱荣手下只有 8000 骑兵。葛荣认为尔朱荣人马少，容易对付。他把兵士在几十里的阵地上散开，准备围捕尔朱荣。想不到尔朱荣把兵埋伏在山谷里，发动精兵突击，把葛荣的兵士冲散，再前后夹击。起义军遭到失败，葛荣本人也被杀害了。在起义军失败后，高欢看到尔朱荣的势力强大，就投靠了尔朱荣。因为他打仗十分勇敢，又挺机灵，就特别受尔朱荣的重用。慢慢地，他成了一员大将，还有了自己的人马。

尔朱荣被魏孝庄帝杀了之后，高欢又归到了尔朱兆那里。尔朱兆一方面仗着高欢给他打仗，一方面又怕高欢力量太大对自己不利，对高欢挺不放心。高欢心里也不踏实，他看不惯尔朱氏一家随便杀人，左右朝政，就总想离开尔朱兆，自己单独建立功业。

刚巧这时候，有 20 多万参加过葛荣起义军的流民，流落到了并州一带。

这些人生活没有着落,又总被官府欺压,所以他们常常起来反抗官府。尔朱兆一提起这些流民就脑袋疼。有一天,高欢到尔朱兆府中,见尔朱兆一边自斟自酌,一边唉声叹气,就问道:"大将军为何长吁短叹?"

尔朱兆对高欢说:"你有所不知,六镇反贼虽被消灭,但残余势力仍在,而且草寇习俗难改,常窜入市井为非作歹,这如何是好?"

高欢歪着头想了想说:"依我看光杀人不行。最好是派个能干的心腹去管理他们,把他们带好,不闹事就行。以后万一出了事,只问这个领头的人。用不着杀太多的人了。"

尔朱兆觉得这个主意不错,就说:"此法甚好!但是,让谁来统领呢?"

正在谈话之际,恰巧大臣贺拔允走进来听到了。贺拔允讨好高欢说:"高公不就是最好的人选嘛!"

高欢听了心里很高兴,可是表面上假装生了气,对贺拔允大声说:"你瞎说些什么?咱们都不过是大将军的鹰犬。这么大的事只有大将军才能作主,哪

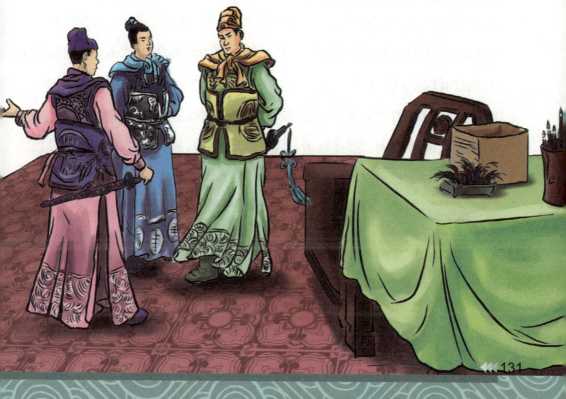

儿有你说话的份儿！"

　　贺拔允刚要辩白几句，高欢站起来，对尔朱兆说："贺拔允有罪，请大将军杀了他！"说着，一转身抡起拳头朝贺拔允打过去。这一拳可真不轻，正打在贺拔允的嘴上，把门牙也打掉了。

　　贺拔允吃了一个哑巴亏，也不敢再说什么，倒是尔朱兆一见高欢生了气，挺过意不去，说："你何必动这么大的气呐？我也这么想，你挺合适。这件事就归你去办吧！"

　　高欢这才诺诺连声，伏地答应，心中暗喜。他怕尔朱兆酒醒生疑，赶紧率兵离开了。高欢到了并州，把流民集合起来，按照军队的办法编排好。因为他参加过起义军，懂得大伙儿的心思，所以很快地就跟这些新部下混熟了。流民们也真心实意地拥护他。高欢的势力就这么一下子壮大起来。

　　这之后，高欢羽翼逐渐丰满。他不仅收纳六镇流民 20 余万，并组成军队，而且收纳了不少能臣猛将，其中也包括侯景。高欢见时机已经成熟，就宣布起兵，反抗尔朱兆。尔朱兆知道后，于 532 年 3 月率 20 万大军进攻高欢。高欢以逸待劳，以少胜多，重创尔朱兆的军队，乘胜进占魏都洛阳，成为实际控制北魏政权的权臣。这年的 7 月，高欢攻克晋阳，彻底铲除尔朱氏的势力。534 年，北魏孝武帝不甘作高欢傀儡，逃到长安投靠宇文泰。第二年，宇文泰杀了孝武帝，另立文帝；高欢另立魏孝静帝，迁都邺城。从那时候起，北魏就分裂成两个朝廷，历史上把建都在长安的叫西魏，建都在邺城的叫东魏。

宇 文 泰

　　宇文泰(507—556)，字黑獭，代郡武川(今内蒙古武川西)人，鲜卑族，西魏王朝的建立者和实际统治者，西魏禅周后，追尊为文王，庙号太祖，是杰出的军事家、军事改革家。

高洋建立北齐

北魏分裂以后，整个中国又再次回到三足鼎立的局面之中。南朝的梁、北朝的东魏和西魏彼此之间都是死敌，都想借此机会吞并另外两方，其中东魏和西魏更是相互看不顺眼，从建立的那一刻起，彼此之间就不停地进行攻战，妄图吞并对方，统一北方，然而最终还是谁也奈何不了谁。546 年 10 月，玉壁之战爆发。这也是高欢执掌东魏朝权时期，东、西魏之间爆发的最后一次大规模的战役。年过五旬的高欢率大军 10 万围攻西魏位于汾河下游的重要据点玉壁。玉壁城中，兵士不过数千。高欢 10 万大军昼夜攻城，一刻不停。西魏玉壁城守将韦孝宽凭借地理优势奋力防守。结果高欢率军苦攻玉壁 50 多天，战死病死 7 万多人。久攻不下，又死了这么多人，致使高欢得了重病，一卧不起。撤军回国后，第二年就病死了。

高欢死后，其长子高澄接任大丞相。由此，开始了高家四兄弟一连串的"兄终弟及"的统治。高澄，字子惠，自幼聪明过人，深得高欢喜爱。20 岁的时候就被高欢派往邺城辅助皇帝处理朝中事务，被孝静帝任命为尚书令兼领军、京畿大都督。当时，高澄虽然年纪轻，但是做起事来雷厉风行，执法严厉，处事果断。当时在邺城朝中的事务主要由孙腾、司马子如、高岳、高隆之等人管理，都城人称他们是"四贵"，这些人自恃功高，在邺城大都专横放肆，骄蛮贪婪，不可一世。有一次，孙腾见到高澄时表现非常高傲并且无礼，高澄马上命令左右将他拉到门外，用刀柄迎头一顿乱揍，狠刹了孙腾的威风。还有一次，司马子如收受贿赂，高澄命属下人把他押入大牢，还来个假杀头，吓得他一晚上头发都白了。对此，高欢却是非常高兴，说："儿子大了，又是当朝大官，该给他面子

一定要给面子，否则我这老脸也不管用。"

高欢死后，东魏司徒侯景听闻消息，在河南造反，高澄命韩轨率众讨伐，安排妥当后，他才驰还晋阳，为父发丧。高澄确实有真才实干，精于排兵布阵，将侯景打得仓皇而逃。接着，他又亲自带兵，生擒西魏名将王思政，很短的时间内就攻取了江淮以北23州土地。因其功劳巨大，549年4月，孝静帝加封高澄为相国、齐王，权势至高无上。然而高澄并不满足，他一直认为皇帝的宝座应该是他高家人，而不应该元氏坐。他的父亲只不过是为了顾大局，才让元善见坐上去的，因此根本不把孝静帝放在眼里。为了控制孝静帝，高澄专门安置了自己的亲信崔季舒做黄门侍郎，负责监视皇上的一举一动，随时向他报告。549年8月，高澄再次来到邺城，邀请死党崔季舒、陈元康、杨愔(yīn)等人在北城东柏堂住所，密谋篡夺皇位。那天高澄与心腹密议，把身边的侍卫都打发得远远的，这就给兰京刺杀他提供了机会。兰京是南朝梁大将兰钦的儿子，先前双方交战时被俘，后被分配到高澄府中作了厨房中的下人。兰京捧着盘子走进屋里，高澄见是兰京，吼道："我没让你送吃的，你怎么进来了？"兰京也不搭话，上前呈上盘子，迅速抽出藏在盘底的尖刀，迎面向高澄刺去，并厉声说："我

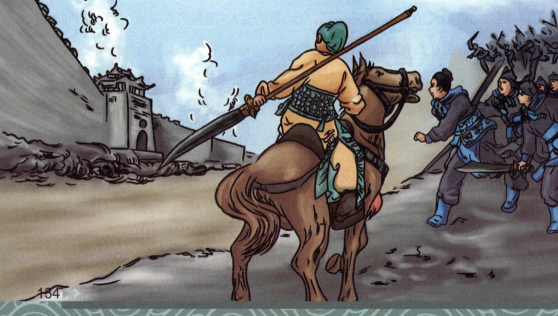

要杀你！"话还没说完，从门外跑进来四五个人，手提尖刀，来助兰京。高澄见寡不敌众，慌忙钻入床下，陈元康上前阻挡，结果多处被刺，倒在地上。杨愔狼狈逃出密室，崔季舒跑进厕所躲藏起来。兰京一伙一拥而上，抬起木床，挥刀乱砍，顿时把高澄杀死。

高澄被害以后，他的弟弟高洋继承了他的职位，并派人围捕兰京等人，为他哥哥报了仇。高洋幼时其貌不扬，沉默寡言，其实大智若愚，聪慧过人，高欢对他十分看重。一次，他为了试探几个儿子的智力，每人面前扔了一团乱丝线，观察当时还都是青少年的儿子们的反应。其他人都手忙脚乱想把丝线理顺，只有高洋抽刀把线斩断，口里还恶狠狠地说："乱者须斩！"高欢先是一愣，后来即刻回嗔作喜，暗暗想道："想不到此儿竟有如此执政的气魄！看来他将来必成大器！"想到这，他宣布高洋获胜，予以奖赏。

高洋掌握东魏朝权之后，不甘再当傀儡皇帝的大臣，于550年就废掉了元善见，自立为帝，改元"天保"，建都邺城。这也就是历史上的北齐，那时他年仅21岁。他在位初年，留心政务，削减州郡，整顿吏治，训练军队，加强兵防，使北齐在很短的时间内强盛起来。高洋便出兵进攻柔然、契丹、高丽等国，都大获全胜。同时，北齐的农业、盐铁业、瓷器制造业都相当发达，是同南朝陈、北朝西魏鼎立的3个国家中最富庶的。可是他没过多久就腐败起来，整日不理朝政，沉湎于酒色之中。结果，559年，高洋因酒色过度而死于非命，时年31岁。

瓷器是一种由瓷石、高岭土等经过高温烧制而成，外表施有釉或彩绘的器物。中国是瓷器的故乡，瓷器的发明是中华民族对世界文明的伟大贡献，在英文中"瓷器"（china）与中国（China）同为一词。大约在公元前16世纪的商代中期，中国就出现了早期的瓷器。

梁武帝做和尚

　　在南齐王朝的末年，几位皇帝均昏庸无道，这时南齐的权臣萧衍就联合一部分对当时朝廷不满的大臣起兵反齐。萧衍在攻占首都建康后，拥戴萧宝融即位，这就是齐和帝。由于他赫赫战功，因此被升任为大司马，掌管中外军国大事，还享有剑履上殿，入朝不趋，赞拜不名的殊荣。

　　萧衍虽然大权在握，也想废和帝自己做皇帝，但他并没有急于求成，而是静待时机。原来的好友沈约知道他的心事，于是委婉地向他提起此事，第一次时萧衍装糊涂，推辞过去了。第二次提起时，萧衍犹豫片刻，说了句"让我想想再说吧"。后来沈约又告知了范云，两人都同意拥立萧衍做皇帝，萧衍知道后，很高兴，就同意了。于是，范云和沈约写信给和帝的中领军夏侯祥，要他逼迫和帝禅让帝位给萧衍。同时，萧衍的弟弟、荆州刺史也让人传播民谣"行中水，为天子"，利用人们的迷信观念为萧衍称帝大造舆论。"行中水"也就是个"衍"字，意思是萧衍是真命天子。等和帝的禅让诏书送到后，萧衍又假装谦让。于是，范云带领众臣 117 人，再次上书劝进，请求萧衍早日登极称帝。太史令也陈述天文符谶(chèn)，证明他称帝合乎天意，萧衍这才装着勉强接受众人的请求，在 502 年正式在都城的南郊祭告天地，登坛接受百官跪拜朝贺，就这样建立了梁朝。

　　萧衍在还是南齐权臣的时候经常参加竟陵王萧子良在西邸举行的宴会，在宴会上他认识了很多善讲禅理的高僧，在这些高僧的影响下，他成为一名虔诚的佛教徒。特别是在登基成为皇帝后，他认为这是信佛带来的好处，心里就更加地虔诚了。刚即位不久，他就决定按佛教的规矩办事。他只吃素食，不吃肉食，什么牛、羊、猪、鱼一概不许杀。连祭祀和开宴会的时候，他也叫摆上素菜，不准用牲口。而且他每天只吃一顿粗米饭，菜也是平时的蔬菜，没有一点儿荤腥。他穿衣服也只穿布衣裳，不穿丝绸，因为缫（sāo）丝的时候要把蚕煮死，这不就杀生了吗？并且萧衍还下令大力修建寺庙、供养僧侣，当时仅在建康城里就建了500多处寺庙，加上造佛像、烧香、念经、办佛事，花的钱就更多了。

　　梁武帝萧衍虽然是一个虔诚的佛教徒，但也有一次因为他的命令而杀害了一名高僧。在梁武帝晚年的时候对一个叫榼（kē）头师的和尚非常敬重。一天，梁武帝下敕召榼头师入宫研讨佛法，当榼头师入宫的时候，梁武帝正在和人下棋，要杀死对方的棋子，便随口说道："杀掉！"左右侍从将此话理解错了，以为梁武帝要杀掉榼头师，便不由分说，将榼头师推出斩首。下完棋，梁武帝下令召见榼头师，左右侍从回答说："已奉旨将此人杀掉了。"梁武帝听后非常不解，自己什么时候下旨要杀榼头师了。当听了侍从的解释后，梁武帝后悔不迭。

梁武帝到了晚年的时候信奉佛教更加虔诚,竟然生出了出家做和尚的念头。527年,梁武帝下令在皇宫旁边修建了同泰寺,并开了侧门,这样只需跨出一步便可以从皇宫到寺内。萧衍常常带了文武百官去寺中举行法会,自己则升座讲经,一讲就连讲七八天。这一年,他首次到同泰寺舍身,也就是要出家做和尚。梁武帝做了4天和尚,宫里的人把他接回去了。后来他一想,这样做不妥当。因为按当地的风俗,和尚还俗,要出一笔钱向寺院"赎身"。皇帝当了和尚,怎么能够例外。于是,在两年之后,他再次舍身同泰寺,亲自主持佛教最盛大的法会。这一次,他索性在寺内做和尚不回宫了。这种荒唐的做法急坏了朝中臣子。他们到同泰寺里劝梁武帝回宫,去了一次又一次,结果全白费工夫。最后,梁武帝放出话来说,他已经是同泰寺的人了,要想让他离开同泰寺,非得积大德,做善事不可。后来,大臣们懂得他的意思,就凑了1万万钱到同泰寺给这位"皇帝菩萨"赎身。

第三次,梁武帝又想个新花样,他到同泰寺舍身的时候,说为了表示他对佛的虔诚,不但自己的身子舍了,还把他宫里人和全国土地都舍了。舍的多,赎的钱当然应该更多。过了一个月,大臣们就凑足了2万万钱去把他赎了回来。过了一年,他又舍了一次身。大臣们又花了1万万钱把他赎回来。梁武帝前后做了4次和尚,大臣们一共花了4万万赎身钱。这笔钱,当然转嫁到老百姓身上去了。如此昏庸腐败的政权早晚是要出事的。

沈 约 的 著 作

沈约(441—513),字休文,吴兴武康(今浙江湖州德清)人,南朝史学家、文学家。出身于门阀士族家庭,家族社会地位显赫。著有《晋书》一百一十卷,《宋书》一百卷,《齐纪》二十卷,《高祖纪》十四卷,《迩言》十卷,《谥例》十卷,《宋文章志》三十卷,文集一百卷,并撰《四声谱》。作品除《宋书》外,多已亡佚。

侯景作乱

南朝梁武帝的昏庸终于招来了大祸,547年的一天晚上,梁武帝做了一个梦,梦见中原各个州、郡的长官纷纷献地来降,朝廷上下一派欢庆。第二天上朝,他就把这件事告诉了大臣,说:"我这个人很少做梦,这个梦一定是个好兆头。"

当时朝中有个中书舍人叫朱异,乃奉迎拍马之徒,立刻祝贺说:"恭喜陛下,此乃四海一统的吉兆啊!"梁武帝一听他的话非常高兴。

也赶巧了,在这一年,东魏权臣高欢病死了,在他临死前见儿子高澄十分忧虑,就问道:"你如此忧虑,好像不单单是因为我生病吧,是不是担心侯景啊?"高澄点头称是,高欢又说:"侯景专制河南有14年之久,常有飞扬跋扈之志,我虽能用他,但你却难以驾驭。能敌侯景的,唯有慕容绍宗,我故意不提拔他,就是为了留给你去用的。"面授机宜后不久,高欢便去世了。之后,高澄以高欢的名义写信召侯景回邺城,想夺他的兵权。但他却不知道侯景曾与高欢约定,凡是高欢亲笔书信都要在信纸上加一小点作为标记,如今侯景见信上没有小点标记,知道是伪书,又听说高欢病危,怕被杀害,便不服调遣,拥兵自固。

高澄不可能坐视侯景就此割据,于是派大军围剿。侯景见形势紧急,便以他控制下的河南13州的领地为资本,投降了西魏。但是西魏的权臣宇文泰知侯景的投靠只是权宜之计,不肯真心接纳他,只想得到他的河南13州,便征召侯景入朝,答应给他一个高官。侯景识破了宇文泰的计谋,不肯入朝。但为了对付高澄的围剿,他又向南朝梁武帝投降。侯景派丁和到建康,声称与高澄有怨,愿意降梁。正好梁武帝前一阵子做过一个梦,以为梦想成真,非常高兴。

但他心里也还是有点犹豫,说:"我国家金银无缺,现在忽然接受侯景献地,到底是好是坏? 万一有点意外,后悔可就来不及了。"

这时,又是朱异揣摩出梁武帝的心意,在一旁添油加醋,力赞应该接受侯景的投降,说:"以陛下的圣明,天下各方都应该来归顺。现在侯景来降,就是顺应天意。如果拒绝的话,恐怕会断绝了后来人的希望,还请陛下不要怀疑。"

梁武帝听了这话,非常高兴,就决定接受侯景的投降,把侯景封为大将军、河南王,并且派他的侄儿萧渊明带兵 5 万去接应侯景。萧渊明根本不懂得军事,被高澄派来的慕容绍宗率军围在寒山。由于梁军多年没有打仗,纪律很差,跟东魏一交锋,几乎全军覆没。萧渊明也被俘虏了。慕容绍宗又率军进攻侯景,侯景大败,只剩下 800 个人逃到南梁境内的寿阳。东魏得胜以后,为了挑拨梁朝与侯景的关系,便让萧渊明写信给梁武帝,说东魏愿意以萧渊明换回侯景,不想复信被侯景截获,侯景对左右说道:"我早就料到这个老家伙是个薄心肠!"

侯景的心腹王伟劝他说:"如今坐等是死,造反也是死,现在只有你自己谋取生路了。"于是侯景开始准备叛乱。侯景知道梁武帝的侄子萧正德对立太子一事心怀不满,于是派人与萧正德联系,表示愿意拥他为帝,萧正德也同意作内应。548 年 9 月,侯景准备妥当后正式起兵叛乱,被东魏打得走投无路的侯景,对付腐败的南梁,倒还很有力量。他的人马很快就打到长江北岸。梁武帝不知萧正德与侯景勾结,还派萧正德在长江南岸布防抵抗。结果萧正德秘密派了几十艘大船,帮助侯景的叛军渡过长江,还亲自带领叛军渡过秦淮河进入建康,把梁武帝居住的台城包围了起来。侯景用尽办法攻台城,台城里的军民进行了坚决的抵抗。这样,双方相持了 130 多天,最后城池还是被攻陷了,萧衍做了俘虏。台城刚被围的时候,城内还有百姓十几万人,兵士 2 万多。到了后来,有的在打仗中死去,有的病死饿死,剩下的不满 4000 人。城里到处是尸体,没人掩埋。

侯景攻陷台城后,自封为大都督,掌握了朝廷大权。他先杀了那个一心想做皇帝的同伙萧正德,又把梁武帝软禁起来,连吃的喝的也给他很少。梁武帝要什么没什么,最后,活活饿死在台城里。梁武帝死后,侯景又先后立了两个梁朝皇帝当傀儡。最后在 551 年自立为皇帝,国号汉。

侯景到处屠杀掠夺,给百姓带来深重的灾难,百姓对侯景切齿痛恨。第二年,梁朝大将陈霸先、王僧辩率领大军从江陵出发,进攻建康。侯景的叛军立刻土崩瓦解。最后,侯景只带了几十个心腹乘了一只小船狼狈逃走,半路上被他的部下杀害了。南梁王朝经过这场大乱,内部四分五裂。557 年,陈霸先在建康建立了陈朝,这就是陈武帝。

中 书 舍 人

中书舍人,官名。舍人始于先秦,本为国君、太子亲近的属官,魏晋时于中书省内置中书通事舍人,掌管传宣诏命。南朝沿袭了这一官制,到了梁朝时,去除通事二字,称中书舍人,负责起草诏令之职,参与机密,权力日重。

羊侃舍子守城

话说当初侯景投靠南朝梁，梁武帝曾派侄儿萧渊明率军前往接应。萧渊明虽然是一个不懂军事的纨绔子弟，但他手下却有一员文武双全的大将——羊侃。如果他能够听信羊侃的建议的话，也不会落得个兵败被俘的下场了。但偏偏萧渊明又是一个刚愎自用的人，落得如此下场也就不足为奇了。羊侃的建议多次不被采纳之后，就已经预见这次的战事不会顺利。羊侃率领自己的部队离开大营，屯兵另外一处。既与大营相呼应，失败后又可以顺利撤走。战事的发展果然如羊侃所预料的那样，萧渊明的昏庸葬送了数万将士的性命，只有羊侃和他所率领的部队没有任何损失。

羊侃，字祖忻 (xīn)，出身于汉代以来著名的高门泰山羊氏。北魏太武帝南伐时，羊侃的祖父羊规之被迫降于魏，被封为钜平子。因此羊侃从小在北魏长大。羊侃长得十分魁梧，身高七尺八寸，臂力过人。他用的弓足足有 20 石，即使在马上也能用 6 石的硬弓。良好的贵族家庭出身培养了他的文化素养，他平常十分喜欢阅读文史书籍，可谓是文武双全。有一次，北魏皇帝听说了他力大无穷的传闻，就对他说："你的同僚都说你是一只老虎，我要看看你是不是只是披着虎皮的羊？"羊侃听了就匍匐在地上，仿佛猛虎一般，双手紧紧扣在殿上的台阶，手指竟然深深插了进去。北魏皇帝十分惊喜，就赏赐给他一柄镶嵌着珍珠的宝剑。后来，羊侃在平叛过程中立了大功，因此被任命为征东大将军、东道行台，领泰山太守，进爵钜平侯。泰山本来是羊氏的故乡，北魏皇帝也许是想利用羊氏在泰山的巨大威望来帮助他安定山东一带。但是这恰恰给了羊侃实现他父亲梦想的机会——那就是回归南朝。

羊侃的家人自从他祖父那一代来到北魏之后,虽然很受北魏皇帝重视,但是他们过得并不舒心。他们无时无刻不在想着回归南方,那里有着他们心目中的正统,还有着他们的族人。528 年 7 月,被封为泰山太守的羊侃终于抓住机会,率领宗族与所部将士南归,投奔南梁。投靠南梁后的羊侃虽然被梁武帝封了官,但作为武将的他却一直没有统帅大军驰骋战场的机会。直到寒山之战的时候,他才有机会带兵出征,但主帅的昏庸无能,不听他的劝告和建议,致使梁军大败,只有他所率领的军队完整的撤回了南梁。

通过这次大战,让人们认识到了羊侃的能力。正在这时,侯景又发动了叛乱,打到了长江边上,梁武帝急忙召见羊侃问其讨伐侯景的计策。富有军事经验的羊侃立刻建议梁武帝派人防守采石要地,使侯景不得渡江。再命劭陵王萧伦率军袭取寿阳,这样侯景叛军进退失据,乌合之众自然溃散。这本是一条妙计,结果又是那个不学无术的朱异站出来反对说:"侯景必无渡江之意。"梁武帝又一次听信了这个家伙的胡言乱语。羊侃见此情况,长叹一声:"这次恐怕又要败了啊!"侯景在萧

正德的策应下顺利攻入建康,包围了梁武帝居住的台城。

台城被围后,城内的官员、百姓乱作一团,关键时刻又是羊侃表现出大将的沉稳,他谎称得到城外人用箭射进来的书信,说是劭陵王和西昌侯率领的援军已经快到了,人们这才安定下来。第二天,侯景开始攻城,企图放火烧开城门,羊侃就命人在门的上部凿洞,从洞里放水灭火。叛军乘势攻城,羊侃率军击退了这次进攻。叛军又以长柄战斧劈砍城门,眼见城门就要被劈开,而叛军也将一拥而入,羊侃就在这扇门上钻了个洞,伸矛刺杀敌兵,敌兵才不敢再上前劈门。羊侃多次击退了侯景的进攻,使梁武帝和太子非常赞赏,赏赐了他大量的金银财物,羊侃把这些东西都赏赐给守城的将士们。

侯景见无法攻破城池,只得在城外筑起长围,企图困死建业。就在羊侃竭尽所能守护台城的时候,他的儿子羊鷟(zhuó)被侯景俘获。侯景命人把他拉到城下,叫羊侃出来相见。羊侃心如刀绞,他强忍悲痛说:"为了国家利益,即使献出整个家族,犹怕不够,岂在乎一个儿子!"然后毅然转身走下城去。过了几天,叛军又把羊鷟拉到城下。羊侃却坚定地说:"我以为你早死了,想不到还活着!"说着,弯弓搭箭,就要射去。叛军赶紧拉着羊鷟逃开了。侯景知道即使杀掉羊鷟,也无益于攻城,反倒留了羊鷟一条活命。

羊侃虽然苦苦守城,但各地的援军却迟迟没有到来,终于在 549 年 12 月,羊侃由于操劳过度病死了,时年 54 岁。随着羊侃的去世,城内再无主持大局之人,不久之后,侯景就攻入了建康。

行台

行台,魏晋至金代尚书台(省)临时在外设置的分支机构。"台"指在中央的尚书省,出征时在其驻地设立临时性机构称为行台,又称行尚书台或行台省。

周武帝统一北方

北魏分裂为东魏和西魏后,东魏最终被权臣高欢的儿子高洋所取代,建立了北齐。那么西魏的命运又是如何呢? 西魏的国家政权也没有掌握在皇帝的手里,而是落到了权臣宇文泰的手里。宇文泰除了对皇帝不够尊重,随心所欲地废立以外,他还算是一位贤明的、知人善任的权臣。在他掌握朝权的时期内,宇文泰任用了一批有才能的人,采取了一系列的改革措施,并通过征战扩大了西魏的领土,使西魏的国家实力逐步提高。

宇文泰死后,他的儿子当时年纪都还小,不能担当大任,政权就落在了他的侄子宇文护手中。宇文护见宇文氏家族势力已经强大到可以取代魏的地步,就迫使西魏恭帝拓跋廓封宇文泰之子宇文觉为周公。557 年,宇文护又拥立宇文觉登天子位,废西魏,建立了周朝,史称北周。北周建立后,宇文护为了能够独揽大权,杀害了很多前朝的大臣,并在朝中遍植党羽。他的行为让宇文觉越来越反感,便与一些大臣亲信密谋,想除掉宇文护。宇文护察觉后,先发制人,杀掉宇文觉,立宇文泰的长子宇文毓为帝。561 年,宇文护又

废掉宇文毓,改立宇文泰另一个儿子宇文邕为帝,这就是历史上有名的北周武帝。

周武帝不同于被杀的两个兄弟,他是一个有雄才大略的杰出人物。即位之初,他不露声色,表面上听凭宇文护摆布,而暗中却积极积蓄实力,终于在572年杀掉宇文护,夺回政权。他在他父亲励精图治的基础上,进一步实行了多方面的改革。在宇文泰、周武帝两代人的治理下,北周阶级矛盾较为缓和,朝廷统治较为巩固,国力也日益强大。在这些前提下,周武帝开始把目光转向邻国,想要完成他梦寐以求的统一大业。此时北齐是后主高纬当政时期,高纬是有名的昏君,他常年不理政事,只知游玩享乐,称为"无愁天子"。

北周武帝看清了北齐混乱的局势,决定出兵伐齐。575年,周武帝下诏大举伐齐。他亲率6万大军,直指河阴,其余几路进展也很顺利。但是在围攻潬(tān)城时,由于城防严密,20多天都无法攻下。周武帝又转攻金墉,也没有攻下。9月,北齐援军赶到,正好周武帝患了重病,只好全军撤回。

第二年,北周武帝又准备伐齐。他对臣下说:现在齐朝廷混乱,这是上天给我灭齐的机会。他下令,军中有不愿伐齐者,以军法裁处。10月,北周三路大军由周武帝率领,进攻平阳。平阳危急时,北齐后主高纬正和宠妃冯小怜在游玩打猎。大臣禀报时,高纬与冯小怜正在兴头上没有理会。于是周武帝率军一举攻下了平阳城,俘虏齐军8000余人。577年,北周攻灭北齐。

北周灭齐,结束了北方近半个世纪的分裂局面,北方又开始走向统一。北方的统一,为以后隋统一全国奠定了基础。

高洋

高洋(529~559),字子进,北齐的开国皇帝。高洋是东魏权臣、高欢次子。高洋幼时其貌不扬,沉默寡言,其实大智若愚,聪慧过人。高洋小时候经常被兄弟嘲笑或捉弄,但他的才能达到父亲高欢欣赏。

北周灭佛

　　周武帝即位并掌握实权以后开始大兴革新。周武帝是一位有雄才大略的君主,最重儒术,励精图治。在位期间,在政治、经济、军事方面都进行过一系列的改革。他平时只穿麻布做的袍子,盖的被子也是麻布的,金银珠宝一概不用。他还禁止官员侵占百姓的财产,亲自训练和检阅军队。

　　佛教在当时十分流行,北周的开国皇帝孝闵帝宇文觉和明帝宇文毓很虔诚地信佛,故佛教在其境内长盛不衰。全国有1万多处寺庙,100多万和尚、尼姑。寺庙占的地不交税;人当了和尚就免除了劳役和兵役。周武帝觉得这实在太浪费了,这么多的人力财力,如果能用到实实在在的地方,那该多好哇!于是,武帝召集群臣、名僧及道士,讨论三教的优劣。意在压低佛教的地位,定儒教为先,道教为次,佛教为后。可是,当时执掌朝政大权的是笃信佛教的宇文护,不表同意,加上道安、甄鸾(juàn luán)等上书诋毁道教,因此,虽经多次讨论,三教未能定位。

　　572年,周武帝诛杀宇文护,开始掌握朝政大权。次年12月,又召集群臣、道士、名僧进行辩论,始定出以儒教为先,道教为次,佛教为后的位次。但由于僧勔(miǎn)、僧猛、静蔼、道积等奋起抗争,极力诋毁、排斥道教,又使这次的位次未能付诸实现。

　　574年5月,周武帝再次召集大臣、名僧、道士进行辩论。在会上,佛、道两家斗争非常激烈。周武帝这次原来只想罢斥佛教,由于道教的迷信方术和教义的虚妄,经道安、甄鸾、智炫等人的揭发,已经彻底暴露,因此,下诏禁止佛教:寺庙的房屋、土地、财产,全部归公,当做军费。和尚、尼姑、道士一律还俗,

参加农业生产。年轻力壮的和尚要跟一般男子一样去服兵役、服徭役。结果，和尚、尼姑、道士不愿意也没有办法，都各自回了各的家。这么一来，田里的劳力多了；还俗的和尚分担了一部分徭役，农民的负担也减轻了；兵源当然也充足了。

过了一两年，北周的老百姓比以前富裕了，国家也强盛起来。周武帝就在575年亲自率领大军讨伐北齐。在战场上，北周军队列开阵势有20多里长，周武帝骑着马从头巡查到尾，见到的每个将领，他都能叫得出姓名，将领们都对周武帝心存感激。

有一回，他看见一个士兵光着脚没有鞋穿，就把自己的靴子脱下来，送给了这个士兵。这样的军队打起仗来十分勇敢，结果就在577年消灭了北齐，

把北方统一了。在灭亡北齐以后，周武帝听说北齐的寺庙有 4 万多个，和尚、尼姑、道士 200 万人，比北周原来的多得多。周武帝就果断地下诏书把北齐的佛、道两教也灭了。

周武帝在邺城召集了 500 个和尚和信佛的人开会。他对大伙儿说："现在你们这儿佛寺佛塔那么多，除了费钱费人以外，没有一点儿用处。你们不是想求福吗？有谁因为信佛得了福呐？别信这一套了，我看这些东西全应该取消！"

和尚们一听，像开了锅似的乱起来。不少人不住嘴地念叨着："阿弥陀佛，阿弥陀佛，罪过呀罪过！"

周武帝不听这一套，又说："父母对儿女的恩情深重，这些，你们不会不知道，可是还硬让人抛弃父母出家当和尚，这不是违反天理是什么？国法不应该容许这么做。所以我说，和尚、尼姑都要还俗！"

有个叫释慧远的和尚实在听不下去了，哆里哆嗦地站起来说："陛下，你这样做是要灭佛啊，灭佛是要下地狱的啊。陛下就不怕下地狱吗？"

周武帝乐了，说："我怕什么？只要国家和老百姓能得到好处，就算是真下了地狱，我也心甘情愿。"

他不再听和尚们唠叨了，下令在北齐立即禁佛，做法跟北周一样。周武帝把北齐的佛教灭了，又把北方的度量衡制度统一起来，还让各地多给朝廷推荐有用的人才。他这么做是想让国家再强盛一些，好去统一天下。

儒教 儒教，或称孔教。指孔子创立的儒家学派，从南北朝开始叫做儒教，跟佛教、道教并称为三教。儒教自汉代以来被奉为官学，其后各个主要朝代，或者主要历史时期，儒教都是官方指导思想。

陈后主亡国

　　北周武帝消灭北齐，统一北方以后不久，就去世了。他的继任者周宣帝却是一个荒淫暴虐的人。他没当几年皇帝也死了，他死后由他的儿子宇文衍即位，也就是周静帝。周静帝是个 7 岁的小孩儿，什么也不懂，就由他的外祖父杨坚辅政。后来杨坚的势力越来越大，就想自己做皇帝。北周的皇室眼看着宇文氏支撑不了局面，也就只好答应了。581 年，周静帝把皇位让给了杨坚。杨坚把国号改为隋，他就是隋文帝。隋文帝登基以后，整顿朝政，训练军队，准备去南征陈朝。

　　陈朝这时候的皇帝是后主陈叔宝。陈叔宝是一个荒唐得出奇的皇帝，他完全不懂国事，只知道喝酒享乐，吟诗听曲。他每天除了喝酒就是闲逛，还特别喜欢跟嫔妃、歌女一起玩儿，要多昏庸有多昏庸。为了玩得痛快，他下令在宫里盖了 3 座楼阁。每个楼阁都有几十丈高。大大小小的屋子连在一起，里面的摆设豪华极了。窗户、门框、门槛都是用檀香木做的，还镶上了金玉宝石。门外挂着珠帘，屋里有宝床、宝帐。各式各样的玩物就更多了。楼阁下面有假山和水池，还种着奇花异草。陈后主把这 3 座楼阁叫临春阁、结绮阁、望仙阁。阁楼盖好后，陈后主就和他宠爱的妃子们住在里面。当时陈朝的宰相江总、尚书孔范等，都是一伙腐朽的文人。陈后主和宠妃经常在宫里举行酒宴，宴会的时候，让他们一起参加。大家通宵达旦地喝酒赋诗，你唱他和，还把他们的诗配上曲子，挑选了 1000 多个宫女为他们演唱。其中像《玉树后庭花》、《临春乐》等都是陈后主最喜欢的听的曲子。

　　陈后主这样穷奢极侈，他对百姓的搜刮当然非常残酷。百姓被逼得过不了日子,流离失所,到处可见倒毙的尸体。这样荒唐的生活过了5年。北方的隋朝已经强大起来了,决心吞并陈朝。588年,隋文帝造了大批大小战船,派他的儿子晋王杨广、丞相杨素担任元帅,贺若弼、韩擒虎为大将,率领51万大军,分兵8路,准备渡江进攻陈朝。隋文帝亲自下了讨伐陈朝的诏书,宣布陈后主20条罪状,还把诏书抄写了30万张,派人带到江南各地去散发。陈朝的百姓本来恨透陈后主,看到了隋文帝的诏书,人心更加动摇起来。

过了不久,隋军南下的消息传到了江南。江边陈军守将告急的警报也接连不断地送到建康。陈后主开始还不以为意,认为是边界的守军故意把军情夸大,以此来要挟朝廷,想要升官发财,就没有理会。可是没隔几天,军情越来越紧张,报急的文书一封接一封地送来。消息传到陈后主耳朵里,他也有点沉不住气了,马上叫大臣们商量商量,好拿出一个办法来。大臣们有的说这么办好,有的说那么办好,争论了半天也决定不下一个办法来对付。陈后主假装镇静地说:"东南是个福地,从前北齐来攻过三次,北周也来了两次,都失败了。这次隋兵来,还不是一样来送死,没有什么可怕的。"

他的宠臣孔范也附和着说："陛下说得太对了。不说别的，就说长江这个天险，自古以来就是南北的界线。隋军人再多，还能长上翅膀飞过来吗？这一定是守江的官员想贪功，故意造出这个假情报来。"

于是大家你一言，我一语，根本不把隋兵进攻当作一回事，笑谈了一阵后，又照样叫歌女奏乐，喝起酒来。589 年的正月里，陈后主玩儿了一整天，玩儿得昏昏沉沉的，一直睡到第二天下午才醒过来。这时候，告急的文书又来了，说隋军由贺若弼、韩擒虎率领着已经渡过长江，到了京口和采石。陈后主一下子跳起来，喊着说："快，快叫大臣们来！"到了这时候，他还给自己壮胆子呐，对大臣们说："隋军好比羊，好比狗，好比马蜂，现在胆敢闯到咱们这儿闹事了。你们率领大军去消灭他们！"城里的陈军还有十几万人，但是陈后主手下的宠臣江总、孔范一伙都不懂得怎么指挥。不几天，隋军就到了建康城外。陈后主派出的人马不是打了败仗，就是投降。隋军没费什么事儿就打进了皇宫。

隋军打进皇宫，到处找不到陈后主。后来，捉住了几个太监，才知道陈后主逃到后殿投井了。隋军兵士找到后殿，果然有一口井。往下一望，是个枯井，隐约看到井里有人，就高声呼喊。井里没人答应。兵士们威吓着叫喊说："再不回答，我们要扔石头了。"说着，真的拿起一块大石头放在井口，装出要扔的样子。井里的陈后主吓得尖叫了起来。兵士把绳索丢到井里，才把陈后主和两个宠妃拉了上来。南朝的最后一个朝代陈朝灭亡了。中国自从公元316年西晋灭亡起，经过 270 多年的分裂局面，重新获得了统一。

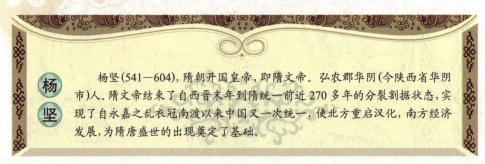

杨坚(541—604)，隋朝开国皇帝，即隋文帝。弘农郡华阴(今陕西省华阴市)人。隋文帝结束了自西晋末年到隋统一前近270多年的分裂割据状态，实现了自永嘉之乱衣冠南渡以来中国又一次统一，使北方重启汉化，南方经济发展，为隋唐盛世的出现奠定了基础。